万物美好，我在中央

陈若◎著

最爱揭开生活伤疤，
填补美好的豆瓣达人

石油工业出版社

图书在版编目（CIP）数据

万物美好，我在中央 / 陈若著. —北京：

石油工业出版社，2017.4

ISBN 978—7—5183—1680-9

Ⅰ. 万…

Ⅱ. 陈…

Ⅲ. 故事--作品集—中国—当代

Ⅳ. I247.81

中国版本图书馆CIP数据核字（2016）第308933号

万物美好，我在中央

陈若　著

出版发行：石油工业出版社

（北京安定门外安华里2区1号楼　100011）

网　　址：www.petropub.com

编 辑 部：（010）64523643　图书营销中心：（010）64523633

经　　销：全国新华书店

印　　刷：定州启航印刷有限公司

2017年6月第1版　2018年3月第2次印刷

880×1230毫米　开本：1/32　印张：7.5

字数：185千字

定价：32.00元

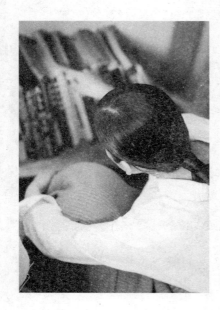

自序
每天都有美好的事物在开始

从家出发乘坐出租车赶到机场，换登机牌，在登机口等待。待登机广播响起，再随人群走入机舱，把行李箱放好，坐下来安静地看一本书，也关心着周围的人与事。我始终相信，每一个在两地之间往返的人，心中都藏着一个故事百宝箱。

已经习惯这样的生活节奏：时时出差，时时在旅途中。

第一次踏上旅途，对任何事情都充满期待。多年之后，这种热情丝毫未减。

上一次去希腊的航班里，坐在我邻座的是一位年过六旬的外国老太太。在途中，她既没有像其他年老的乘客那样睡觉，也没有翻阅杂志，而是戴着老花镜在一个牛皮本上一直写东西。最

终，我没有忍住好奇心，凑过去小声地问她在写什么。

她和蔼的样子，我至今仍然记得很清楚。她听到我的询问，便向空姐要来一杯果汁，喝了一半后，告诉我说：她在给丈夫写旅途中的见闻。她的丈夫在去世之前最大的愿望，便是和她一起去世界各地看看，遗憾的是一直没有成行。在他去世之后，她想起了丈夫的愿望，便带着一小袋他的骨灰，到世界各地旅行，并把看到的风景都写下来。她嘱咐孩子们，等到她也去世了，就把这本旅行日记烧给他们。

世界之大，从来不缺乏感动，每一天都有美好的事物，而我有幸去见证。这或许是我一直在路上的原因。

曾经有一段时间，负面情绪盈怀，总觉得生活中满是糟糕的事情。

身边恋爱七年的朋友在结婚一个月后便分道扬镳；闺密的母亲身患重病最终撒手人寰；六年的同窗一直怀有歌手梦却嫁给一个商贾做了全职太太；大学时代人人艳羡的学霸被剑桥大学录取却在入学一个月后自杀身亡……

这些消息渐次传入我的耳中，让我慢慢对生活产生绝望。那段

时间过得格外颓废：早上很晚才起床，发一会儿呆便到中午。中午简单吃过一点儿午饭，又接着睡，醒来依旧无所事事。一天很快过去。皮肤变得很粗糙，眼睛深陷进去，精神委顿低落。

直到闺密叶子找到我。

她顾不上数落我，便对我说她恋爱了。忽然之间，我觉得，生活在不同的人身上会散发出不同的光彩。懂得经营的人，永远都是一副优雅美丽的样子。

叶子失恋过三次，离过一次婚，带着一个不满三岁的孩子。在我以为她的生活就是如此时，她告诉我她恋爱了。在受到生活的重创之后，她还是一如既往地相信幸福就在身旁。

而从未经历过大风大浪的我，又有什么理由把生活定义为苦涩？

我们永远都站在生活的中央，主宰着生活的旋律是忧伤还是喜悦，是悲凉还是欢愉。

忽然记起不知在哪里看到的话："如果有一天我们湮没在人潮之中庸碌一生，那是因为我们没有努力活得丰盛。"

目 录
CONTENTS

我对你的爱，都是很小的事

你所在的孤独星球，比这个世界还动人

以自己喜欢的方式虚度时光

在这善变的世界里，不忘初心

我对
你的爱，
都是
很小的事

Love is beautiful

so beautiful

我很快乐

你会了解我

我不会再哭泣

是因为我相信

我们勇敢地爱着

每秒钟都能证明

一生的美丽

——蔡健雅《Beautiful Love》

时光慢递，美好的事值得等待

一

"喂，您好，洛青慢递苏州店。"

"喂，您好，我……"林特特欲言又止，不知如何将心里的话说出口。

"请问有什么需要吗？"洛青慢递的店长耐心地等待着。

"是这样的，三年前5月的一天，我在您店里写了一封信，准备在今年5月寄出。但是，我不想寄了。可以帮我取消吗？"

店长听得出，电话另一端的林特特是下了很大的决心才说出这番话的，声音里带着千般无奈，万般不舍。

其实，在洛青慢递这家店中，每天都有人兴致勃勃而又小心翼翼地写下一封很长的信或是一张明信片。写完后，他们贴上邮票，按照自己的意愿，投进不同的时光格子中，等到日后特定的某一天寄出。

说得简单坦白一点儿，洛青慢递店更像是一个愿望寄存站。有愿望的人纷纷将自己的梦想写下，寄放在这家店中，等约定的时间到来时，当年那些微小而盛大的愿望就又回归到自己手中。

有人说，慢递店并不是在邮寄信笺和明信片，而是在贩卖文艺情怀与细碎如常的小梦想。说得倒也恰如其分，合情合理。

只是，店长每天也会接到许多电话，被告知某人在某天写的信笺作废，就如同林特特打来的电话一样。虽然店长每次接到这样的电话都很想问一句：既然已经写了，时间很快也就到了，为何决定不寄？但他始终未能问出口。毕竟，他只有暂时保管信笺的权利，而不能左右客人的决定。

二

那个电话仍在继续。

"请问，能告诉我您写信的具体日期吗？这样方便我为您更快地寻找。"

"我也记不太清楚了，大概是5月20号。我的名字是林特特。麻烦您帮我找一下吧。"林特特的声音比先前更脆弱，像是一阵风就能将其折断。

"好的。大概十五分钟后给您回电话好吗？因为要寄的信笺很多，所以找到您的那封得花些时间。"店长耐心地解释道。

"好的。谢谢。"

"不客气，应该的。"

电话挂断之后，店长站到那面写着"时光慢递，寄给未来"的墙壁前。时间的罅隙中，夹着太多人的故事和愿望。不知道在不久之后或是很久之后的未来，这些故事的主人公，是否会像这些慢递信笺中所写的那样，和喜欢的人一起过着安静平和的日子。

大概十分钟之后，店长找到了林特特的那封信。信封由复古的

牛皮纸做成，右下角用桃红色插画笔画了一对牵着手的情侣，旁边是一颗长着翅膀的心。写信的日期是三年前的5月21号，寄信的时间是三年后的5月21号，也就是三天之后。

一个女孩用三年的时间守护一份或许还没能说出口的喜欢，眼看时间即将来临，主人公却决定将这一切烧得干干净净。

何故？大概是她的心上人心里没有她吧。

虽然已经见惯这样的故事，这样的情节，但是店长每次碰到仍然觉得惋惜。

刚好十五分钟的时候，店长回拨林特特的电话。只一声嘟声之后，电话便接通，可见林特特一直心急如焚地等着这个电话。

"喂？信笺找到了吗？"店长还未来得及开口，林特特已经迫不及待地开口相问，甚至连代表礼貌的"您好"二字都省略掉。

"您好，已经帮您找到。请问，您是自己到店里取走这封信，还是……"店长不忍说出帮她销毁信件的话。

忽然之间，林特特一直压抑着的声音终于带了哭腔。隔着未知的距离，店长仍然能感受到她滚烫的眼泪。

尽管那一天店里客流如云，店长仍握着电话等待林特特的回答。在哽咽声渐渐平息之后，林特特像是下了很大的决心一样，说道："谢谢您。我决定亲自到店里取回信笺，然后自己销毁。"

"好的。"

"谢谢，再见。大概一天之后我会到店里。"

"好的。再见。"

电话再次挂断。店长无暇多想这个就此终结的故事，就被客人们围住问起五花八门的问题。这些客人应该是初次来到这里，新鲜感十足，对未来也信心十足。他们并不能预知，今日今时写下的愿望，在以后的某日某时是否能成真。

三

第二日，林特特坐在去往苏州的高铁上，忽然想到毕业旅行时在东京公园里看到的场景。

那一天，有一点儿风，樱花已经陆续开放，偶有花瓣落下来。她心中不禁升起痴念，如果自己喜欢了很久的那个人也在这里该有多好。向远处眺望，透过稀薄的雾可以隐约看到直指天宇的东京塔。

她就那样一个人在公园的藤椅上坐了很久。黄昏来临的时候，她准备携着鹅黄色的光晕回朋友家，就在那时，两位老人蹒跚着走进公园，坐在她旁边的那张藤椅上。老爷爷拄着拐杖，老奶奶佝偻着身子倚偎着他，满是褶皱的皮肤与银白的头发上，都是岁月的痕迹。

林特特重新坐到藤椅上。她所期待的，就是这样平淡相守一辈子的幸福。

她对自己说道，那封写着爱意的信很快就会寄到，很快很快。

四

一阵嘈杂声让林特特从睡梦中猛地醒来，她向窗外望去，才看到醒目的"苏州"两个字。于是，她急忙提着自己的包下了火车。

林特特在车站外拦下一辆出租车，向司机报上地址后又沉沉睡去。

许是心中已有了分晓，做出了抉择，所以许久不来串门的睡眠终于找到她。世界并没有过不去的坎，睡眠则是最好的止痛剂。睡觉之前，无论怎样，都会觉得天要塌下来。醒来之后，仿佛已经隔了一个世纪，女娲重新将天补好，抬头望，又会望到万里晴空。

抵达洛青慢递店，司机将坐在副驾上的林特特推了三下，她才迷迷糊糊醒来。林特特透过沾了灰尘的玻璃窗看到洛青慢递店的招牌，三年前的情景又如过场似的在她脑中渐次涌现。

睡醒后，往事并非乖乖留在梦中，毕竟所有的伤口都会留下伤疤，只是这伤疤有轻有重，有大有小罢了。所不同的是，林特特已成过来人，那些大大小小的心事仿佛不再属于自己，而是属于隔岸的某个女子。

五

林特特向店长介绍完自己后，店长便让她坐在一张木椅上稍等片刻。在等待的时间里，她点了一杯红豆奶茶，三年前她喝的就是这个味道。

店长将那封信交到她手中，她以为自己已经修炼到家，但看到信封右下角的那颗长着双翅的心时，眼圈还是红了。店长已经看惯这种情状，知道安慰无益，便将纸巾放在桌上，而后悄悄走开。

林特特感激店长不让自己那么难堪。

红豆奶茶快要见底，林特特才捋清那段仿佛已经不属于自己的往事。

　　已经不记得是怎样喜欢上那个人的，只记得大学开学的军训课上，太阳很毒很烈，一只小虫子飞到她的后颈上。奇痒难耐时，她刚想冒着被教官罚站一小时的危险伸手赶走那只小飞虫，忽然之间，一只陌生的手掠过她的后颈，带来一阵令人战栗的冰凉。

　　后来，教官走过来，让站在林特特后面那个男生罚站了一小时。

　　周围的同学都笑了，只有林特特一个人没有笑。中场休息的时候，同学们聊天、唱军歌，而一向爱说话的林特特一句话也没有说，只是望着太阳下那个站得笔直的身影，回想后颈那一丝稍纵即逝的冰凉。

　　再后来，老师在课堂上点名时，林特特知道了他的名字叫梵森。以后，老师再叫到这个名字时，林特特都会刻意往后看一眼，与他的目光接触。

　　一个学期的时间，足够让他们熟识起来。他们会时不时一起上晚自习，一起去图书馆，一起到拥挤的食堂吃饭，甚至会偶尔一起逛街。但是，他们并没有随着了解的加深而走得更近。他们更像两条并行的铁轨，只能无限向前延伸，而不能相互拥抱。

　　在大一将要结束时，林特特一个人南下去了苏州，误打误撞，走进了洛青慢递店。在店里喝完一杯红豆奶茶后，她忽然也想同店内的其他人那样，寄一张慢递信笺。

　　就在那时，林特特决定给梵森写一封信，在毕业那一年寄出。

　　她给自己与梵森三年时间，时间一到，他就会收到来自她的表白信。

六

三年的时间，并不算短。但林特特依旧觉得坐在洛青慢递店里写信，仿佛是昨天的事情。她和梵森仍然保持着友情以上，恋人未满的暧昧关系。有时，她会觉得恼怒，在宿舍最好的姐妹面前埋怨他的拖泥带水。但数落过后，又想起他的好处来。

大四那个夏天来临时，因为那封即将寄出的信，林特特变得紧张起来。她拐弯抹角地套梵森对她的感觉，但梵森总是插科打诨，轻巧地转向别的话题。多次询问无果，林特特干脆放弃，心里想着最起码还有那封信，到时候不怕他不面对。

傍晚六点准时响起的学校广播里，开始播放毕业歌曲，以及某某系的某某喜欢某某系的某某的表白。

没有勇气的人，总是要借着毕业的名头放肆一把。

又是傍晚六点，广播播放完一首《同桌的你》后，主持人便说接下来要读一封告白信。听到这里，林特特放下手中的书，专心听起来。

七

卢湘婷：

我知道我配不上你，所以四年来我总是在远处看着你。你是那么活泼，在人群中那么亮丽。而我似乎永远是灰扑扑的，除了所有的功课都考甲级之外，一无所长。人们都说，不会靠近，就不会远离；没有希望，就不会失望。因而，我把这份不可能破土而出的暗恋，严严实实地捂在心里。今天，我以这样的方式告诉你，并不是为了让你接受我，而只是让你知道，我实实在在地喜欢过你。

梵森

这封信自主持人口中念出，在林特特心里有说不出的震荡。署名处是梵森，但抬头处并不是她的名字。

林特特终于知道，为何四年间，他们永远都走不进彼此。只是这个原因，她多么希望是梵森亲口告诉她。

回忆至此而止，林特特将那封未寄出的信放进包里。

她走到柜台处，对店长说道："红豆奶茶很好喝。再见。"

"谢谢。再见。"店长从来不对客人表露出心里的惋惜。

在林特特走出这家慢递店前，店长忽然说道："等等，请等一等。"

林特特疑惑地转过身来："请问还有什么事吗？"

"……是这样的。你可以给自己寄一张明信片，一两年或是更久之后寄出。"店长从未对客人有过这样的建议，即便他心里有很多次想要这样做。

店长见她还在犹豫，便冲口而出，说道："就算是免费赠送你的。"

林特特忽然就笑了。为什么不给自己寄一张呢？只有自己才不会失约。很久之后，等收到那张从时光隧道寄来的明信片时，自己已经变得足够好。或许到那时，自己已经找到那个会给自己平凡幸福的人，就像东京公园里那对老夫妻一样。

那些没有等到的事情，或许从来就不属于自己，所以也不必觉

得可惜。而那些历经沧桑等来的事情，都是值得双手相拥的美好事情。

　　林特特坐在回学校参加毕业典礼的火车上，告诉自己，见到梵森时，一定会好好地跟他说声再见。

那一年，我们都是爱情新手

一

记得那一年，为了缓解感情带来的伤痛，一个人坐着绿皮火车南下，经过一个个不知名的村落或是山丘，迎着呼啸而过的风，行过几千里的路程，最终在深夜抵达湘西那个偏远的地方。

走出火车站，看到许久不见的好友站在人群中张望，我朝她走去，与她紧紧拥抱。

逃离，是那时我唯一的选择。

或许，很多人在手足无措时，都会这样做。但也有些人，会一直守在当初感情破裂的地方，等待着那个人重新回来，或是等待时间把那份伤痛永远掩埋。

二

在湘西的那段日子，我睡得很早，但醒来通常已经日上三竿。

白天好友带我到村寨外面游玩，阳光里笼罩着一层雾，山和水默然相对，一个巍峨庄严，一个温柔妩媚，实在是相得益彰。吊脚楼以轻盈的姿态停驻在半山腰，房屋沿着山势铺展开来，错落有致，具有一种音乐上的节奏感，就像是一曲年代久远的歌谣，被分

成了多个强度不同的声部。我暂且把悲伤的情绪丢在脑后，跟随着好友的脚步边走边看。这确实是一个古朴而神秘的地方。

落日渐渐消逝在山脉之后时，我们顺着另一条小路返回。走进村寨后，天已经黑透。狗的吠声映着清凉的月亮，让人有种想永远留在此地的冲动。

三

家家户户都已经亮起了灯。路过一座标示着售卖新鲜蔬菜的旧房子时，好友拉着我走进去。院子并不大，但收拾得很干净，各类蔬菜整齐地放在木质的案板上。负责上秤的是一个看起来只比我们大两三岁的男人，下巴留有少许胡子茬儿，眼睛像是深渊一样看不到底，却也格外明亮。

自我们走进院落，到我们付完钱重新走到街上，他的脸上始终挂着微笑。他身上穿着当地的特色服饰，却怎么看都不像是一个当地人。就像我双耳戴着民族风格的耳坠，却是一个异乡者一样。

他安安静静地为我们装菜，带着某种神秘的特质。他发现我站在他的对面细细观察他，却并不生气，而只是有些无奈地摇着头笑笑。看来，他已经习惯旁人的这种观察。

他在这样一个偏僻的山寨定居下来，甘愿放慢脚步与当地人保持同样的生活节奏，表面有着不动声色的神情，但我想内心一定承载过一个惊心动魄的故事。

在回去的路上，好友主动问我，是不是对刚刚那个卖菜的男人充满好奇。

听完好友这句问话后，我正要为在茫茫人海中找到知己而感动得差点痛哭流涕时，她很干脆地甩给我一个白眼。确实，除非是神经麻木的人，否则没有人不对他身上那股神秘的气质感兴趣。

回到家，我们一起择菜，做饭。躺到床上，已是十点钟。那应该是我在那里睡得最晚的一天，我们并排躺着，身上搭着一条当地印染的毯子，好友开始给我讲卖菜男人的故事。

四

他叫杜侨，在大学时和女友庄眉君一起读建筑专业。他们两人有一个共同的愿望，大学毕业之后去湘西定居，深入研究那里有着灰色檐瓦的古建筑。坐落在斜坡上的小城房屋，实在太令他们着迷。

但在大学里，所有的愿望似乎都有一种异想天开的错觉。它的力量说大也大，像是雨夜里永远不会浇灭的灯火，带着倔强的姿态；它的力量说小也小，甚至难以巩固两个人紧密的关系。

杜侨算是学校里的风云人物，能弹吉他，精通摄影，有着不凡的口才，再加上阳光率性的性格，以及还算富裕的家境，足以让杜侨吸引众人的关注和女生喜欢。有人捧着，他难免就骄傲嚣张起来。而他身边的庄眉君除了在学业上年年得优之外，似乎并无其他突出之处。在所有人眼中，她更像是杜侨这棵大树下的一株草，可有可无。

杜侨并不否认自己对庄眉君的爱，但是，他更想凭借自身完美的条件，在春日的万花丛采撷几枝鲜花，以不负春光。

他这样做时，心里并不是没有负罪感。只是，那偷食的刺激感，似乎更能俘获他的心。面对杜侨花花公子的心性，庄眉君和他吵过，闹过，哭过，也将彼此的关系中断过，但最终她还是会屈服于杜侨的花言巧语，重新做他身边一株毫不起眼的草。

后来，庄眉君渐渐习惯这样分开又和好的情侣关系。她说人人都是寂寞的，都有好玩的性子，等有一天玩够了，他终究会回来的。

所以，在整个大学期间，他一再地背叛，她一再地原谅。没有人说得清，谁更离不开谁。人们都知道，他们无论如何都不会走散。

大学毕业，很多情侣都落得劳燕分飞的结局，而经历过多次分分合合的杜侨和庄眉君，收拾好行李坐着夜车去了湘西。

在火车上，周围的人多半都昏昏入睡，而他们两个靠窗相对而坐，没有一点儿睡意。在那个万籁俱寂的时刻，他们都深知自己是那样爱对方。也是在那时，庄眉君终于不再是杜侨身边一株不起眼的草。岁月已经将无用的水分全都蒸发掉，从而呈现出了最原汁原味的精华。庄眉君已经长成杜侨身旁的一棵木棉。

五

他们在湘西的一个村寨租了一座老房。房子的主人在前些年已经去世，主人的儿子常年在外忙生意，就让留在村寨里的亲戚帮忙打理着。在征得他的同意后，杜侨和庄眉君将整座房子廉价租了下来。

一开始在这里生活的时候，两人都有些不习惯。这里没有网络，没有夜市，没有霓虹灯。这里只有古朴的人，极具历史感的建筑，以及说不清是真是假的故事。但是，他们的心仍然是雀跃的。毕竟，来到这里仿佛就已经触摸到了梦想。

刚来湘西的日子里，他们在当地文物局工作。说是工作，却没有实质性的工作要完成，自然也就没有多少薪水。他们的口袋常常是空的，但是他们并没有灰心丧气。相反，他们第一次真正尝到相依为命的滋味。那一段在当时看来极为平常的时光，竟成了他们日后最怀念的温暖岁月。

过了一段悠闲的日子后，杜侨辞掉文物局的工作，拿着一张几百年前的地图，独自寻找隐藏在历史深处的古迹。

虽然忙碌劳累了一些，但是杜侨真正从中感到了生命的意义。他觉得探索这座古老的村寨，是他不容推卸的使命。白天他穿过小径，越过山脉，也迈过低谷，按着地图指引的方向，满怀希望地向前走去。背包里背着庄眉君为他做的干粮，走得累了，他就拂拂石阶上的土，坐下来就吃。

晚上回到家，庄眉君早已做好简单的饭菜，烧开热水。他一边洗脸一边说着一天中遇到的趣事，她就拿着干净的毛巾站在旁边听。等他洗完的时候，她就适时递上那条毛巾。

夜晚清凉如水，他们并排躺在有月光洒进来的屋子里，觉得生活对他们格外宽容。杜侨告诉她一天中芝麻大小的发现，比如凤凰古城南边以前叫镇筸，比如村寨外那棵大树已有几百年的历史。他什么都告诉庄眉君，却对经常在途中遇到的一个当地女子绝口不提。

他不提，她当然也就不知道。所以，她仍然觉得所有事情的重量，都不及杜侨万分之一。

六

最让人难堪的是，历史会重演。

湘西不是庄眉君的故乡，但在庄眉君心里，她已经把这里当成永远的归属地。她真切地想与杜侨一辈子隐居在这里。她自幼就没有什么宏大的愿望，如果能守着一个深爱的男人变老，她感到非常知足。

但是，她爱上的这个男人，有一颗偏爱刺激的心。

那一日，庄眉君处理完文物局里的事情，忽然之间极其想念杜侨。于是，她向领导告假，连稍稍有点跟的鞋子都顾不得换下，就急急往杜侨早上出门前告诉她的地点赶去。

一路上，群山在她的奔跑中成群退后，河水汩汩流动，山歌回声嘹亮。都说美景不可辜负，但对庄眉君而言，更不可辜负的是心底里奔涌着的爱情。她就那样在山里奔跑着，像一头着了魔的小花鹿。路上遇到村寨里的熟人，她只是向他们打声招呼，并不停下来。

大概是一个小时后，庄眉君到达杜侨所说的地点。她停下来，呼哧呼哧大口喘着气，同时寻找杜侨的身影。但是，走遍各个角落，她也没有看到杜侨。

"杜侨……杜侨……"庄眉君找不到杜侨，干脆就大声喊出他的名字。群山响动，用一声声沉闷的回声回复这个执着的女子。她每喊一次"杜侨"，大山就回复她一声"杜侨"。她一边喊着，一边继续向前走去。

正当她又将双手扣在嘴边喊杜侨的名字时，杜侨在一间不起眼的破落房屋里带着疑惑的神情走出来。庄眉君脸上的表情还未由焦急转为喜悦，就又在一瞬间面如死灰。

杜侨的身后，跟着一位穿着当地服饰的高挑女子。

不用杜侨解释，庄眉君已经知道发生了什么事，这样的情况，她在大学里已经经历过多次。

庄眉君没有说什么，只是坐在路边脱掉带跟的鞋子，揉了揉脚。过了一会儿，她又原路返回。那一路，远比奔跑着寻找杜侨要远得多。她心里时而平静如水，时而汹涌如潮。

七

后来，庄眉君还是在文物局做杂务，杜侨依旧背着她做的干粮考察古建筑。

他们都没有提到那天发生的事情，就好像那只是一个终会风干的梦境。

再后来，有一个在大学时就追求庄眉君的人来湘西看望她。在客栈住了两个星期后，他临走时希望庄眉君和自己一起走。

庄眉君想起过往种种，终于觉得疲倦。

火车开动那一刻，她落下大颗大颗的眼泪。

杜侨知道庄眉君离开后，终于沉下心来。他依旧租住着他们共同住过的房子，自己种菜做饭，收拾好房间。他再也没有约会过任

何一个女人，因为他清楚地知道心里再也装不下别的女人。

寒来暑往，他种的菜自己吃不完，就把这些菜标上价格出售。

就像沈从文所写的那样，庄眉君或许永远不再回来，或许明天就回来。

<h2 style="text-align:center">八</h2>

我听着好友讲这个故事，忽然联想到《春光乍泄》。

那一年，我们都是爱情新手，总想着要从头来过，但最后我们却走散了。电影中对爱情永远忠诚的黎耀辉对花心的何宝荣说的一段话，永远让人印象深刻：

"每次你说来便来，要走就走，我没哼一句，但这是最后一次了。为什么我就注定得伤心，就你可以说走就走？我也可以啊！我舍不得罢了！让我们互换一次……我走先！"

后来，黎耀辉真的走了，何宝荣一个人留在他们有着共同回忆的地方。

希望有个人，爱你如生命

一

顾陆明算是文艺青年中的狂热分子，大学时代做过校园广播的主播，自费出过一本诗集，组建过一支寿命不长但有足够激情的乐队。

谈过两三次恋爱，女朋友都不是学校里那些天真而无头脑的同学，而是稍带社会气息，会抽烟，也会在酒吧混迹的女人。大家都抱着刺激的心态，从未想过天长与地久，等到热情退却就大方地分道扬镳，没有眼泪，也不知失恋是何物。

大学毕业后，多数同学都找到一份稳定的工作，或跻身公务员行列，或是成为一名受人尊敬的教师，而顾陆明怀揣着他那个顽固的文艺梦想，做了一名自由摄影师。他终日背着用省吃俭用换来的单反相机，扛着三脚架，像游魂一样穿梭在人迹罕至的地方。

在生活过得波澜不惊的人眼里，他的生活的确让人羡慕。看美景，拍美图，与漂亮的姑娘搭讪。而那些坐在办公室里吹着空调的人们，也只能一次次点开顾陆明放在朋友圈里的照片，望"洋"兴叹。可是，他们并不知道，文艺的背后是拥有抵抗颠沛生活的勇气，以及毫无畏惧地朝着世界的断壁颓垣处走去的执着。

顾陆明拍摄的照片中，总有蓝得纯粹的天空出现。天空之下，有时是望不到边际的海，有时是仿佛要吞噬整个世界的沙漠。即便是同样的风景，他也能用不同的方式表达出不重复的情绪。

这些年，他沿着青藏线到过东南亚，顺着丝绸之路转遍中国整个西北地区，也曾穿过东北一带抵达寒冷蚀骨的西伯利亚。走过这些地方时，他都是独自一人。他说流浪的爱情，要么是空白，要么就是一场流动的盛宴。

但是，他变成了自己口中的例外。既没有孤单一人去流浪，也没有在流浪中邂逅一场又一场爱情。

在一个最普通不过的夜晚，他走进一家最普通不过的客栈，遇见了一个对他来说一点儿都不普通的人。

二

他的爱情，也是文艺得不沾人间烟火：一见钟情。

没有任何理由，只是看到坐在柜台前认真计算账单的那个人，心就莫名地紧张起来。本来是没有星星没有月亮的夜晚，顾陆明的眼前却满满都是明亮的火焰。

顾陆明被一股神秘的力量推着向前走。柜台前的女子抬起头来，向他问好，并客气地问他是否一个人住，要住怎样的房间，住几晚。他像是着了魔一样，只是说道："住很久。"然后，他问她的名字。她答得也很简单，季夏雨。

那一晚，他睡得很熟，梦中是那个低着头看账单的女孩。醒来后，天已经大亮。他并不像往常那样急着退房赶路，而是不慌不忙地沐浴、洗脸、刮胡子，并换上干净的衣服。

心中有新的东西涌入时，眼睛里看到的东西，都会投上瑰丽的色彩。

顾陆明收拾好一切，就不紧不慢地走进客栈大厅里。季夏雨正在给一位客人办退房，他坐在旁侧的椅子上，悠闲而明目张胆地看着她。季夏雨用余光瞥到顾陆明的眼神，嘴角挂上一抹风轻云淡的笑。

在客人转身要走时，顾陆明立即站起身来，叫住那位客人，请他做自己告白的见证人。

接下来的一幕，让那位客人相当惊愕。顾陆明没有说甜言蜜语，也没有单膝跪地，他只是简单地说道："我知道你会答应我。"

季夏雨也算是一个干脆的人，并没有忸怩作态，只是利落地说道："我知道你会知道。"

在他们将要拥抱在一起之前，那位被邀来做见证人的客人，猛然从惊诧中回过神来，问他们认识多久，才有这样的默契。他们保持着即将拥抱的姿势，不约而同地说道：一天。

是的。需要考虑太久的爱情，都算不上真正的爱情。一天的时间已经足够。

那位客人带着满脸疑问离去，背后是顾陆明和季夏雨深情相拥的剪影。

三

季夏雨仍旧守着那家祖母留下来的客栈，并把顾陆明住过的那

个房间布置成了他们的婚房。虽然面积不大，但到底算是一个家。再累，心也觉得安稳。

顾陆明也会外出拍摄，将照片寄给各杂志社，换来经营生活的费用。只是，有了爱情的牵绊，他再也不会像往常那样一走就是大半年，去看不到人烟的地方探险。至于那个要出一本有自己独特风格的摄影集的梦想，就暂时在心里搁浅。对于这一切，他都心甘情愿。生活，本就该是这样的。

他身上开始沾染尘世的烟火。在摄影之外，他也会帮她打理这家客栈。

在客人很少的时候，他们会坐在一起闲聊。她问他以前去各地拍摄的生活，他总是三言两语就讲完，像是描述很久很久之前见过的一片异国的云那样简单。他更愿意让她去翻看他早些年拍摄的照片，风格奇谲，画面干净，每一张都似乎具有胶片质感，恍若电影场景。

渐渐地，季夏雨很少再问他以前的事情。每当她看到他坐在客栈大厅里，安静而小心地擦拭单反器材时，她心中总有说不出的不安。女人的第六感有时准得令人战栗，因而当她觉得有一天他会离开，继续过以前的流浪生活时，她开始失眠。

一见钟情的文艺爱情，终究要接受琐碎现实的考验。

四

有一天，季夏雨在失眠整整一个晚上后，对顾陆明说道，她想要一个孩子。

当她觉得爱情已经不足以维系两个人的关系时，便想到用孩子来牵绊身边这个充满流浪细胞的男人。可是，她忘了束缚是维系两人关系最大的禁忌。

顾陆明听到妻子的话，很长时间穿着睡衣坐在床上，烟灰散落在地板上。窗外的天空，似乎要重重地压下来，乌黑的云层像麦浪翻滚，他忽然拿起单反，换上长镜头，安好三脚架，调整好光圈，之后按下快门。

这一连串的动作，被刚好推门而入的妻子看到。她忽然明白，他的生命属于外面的世界，他的心属于这具有定格时光魔力的摄影。

静默片刻后，她拿起手中的东西疯狂地朝他砸去。他没有躲避，只是紧紧保护着手中的单反。后来，她蹲在墙角大声哭泣，像是一种释放，也像是一种决定。第二天，她眼睛红肿，将两张离婚协议书放到他面前。

他收拾好单薄的行李，离开之前，将她紧紧拥在怀里，就像他们第一次拥抱那样。他轻轻祝愿她，希望以后她会遇到一个爱她如生命的人。

在即将离别的时候，他们清楚地知道，当初一见钟情的爱情还在，只是他们明白，分开是相爱最好的方式。

五

顾陆明又成了以前的顾陆明，可以为拍摄出一张照片翻越山川，穿过沙漠，在杳无人烟的热带森林待上几天几晚。

后来，他去了埃及，去了撒哈拉，去了北极。在外面的世界流浪时，他养成了给季夏雨一个月寄一次明信片的习惯。这些明信片都由他自己拍摄出来的照片做成，很有时空之感。而季夏雨也渐渐习惯了在每个月月初收到他的明信片。这种简单而默契的交流方式，是他们唯一联系的方式。虽然，他们手机里还存着彼此的电话，但他们从来没有通过一个电话，也没有发过一条短信。

想念的时候，他就看看天上飘动的云彩，而她就一遍遍看那些写着少许祝福的明信片。

六

直到后来，季夏雨连续三个月没有收到明信片。开始的时候，她以为是邮递员怠慢工作。但第二月月初，明信片依旧没有按时寄到。那时，她虽然担心他是不是遇到了突发事件，但仍然没有主动联系他。她想，或许中断寄送明信片，是对他们关系的一种暗示。

大概又过了一个月，季夏雨接到一个电话，来电显示是顾陆明的手机号，却传来一个女人的声音。对方问她是不是季夏雨，得到证实后，便说这里是某某医院，顾陆明昏迷不醒，需要立即动手术。因为他的手机上，只有她一个人的号码被标注星号，还做了"妻"的备注，所以，医院才打来电话，请她前来在手术单上签字。

季夏雨将客栈暂时交给前来打工的服务生，坐最早的一列火车去了顾陆明所在的医院。她到达医院后，看到他头上裹着层层纱布。之后，她跟随护士来到主治医生的办公室。医生告诉她，他是顾陆明的朋友，三个月前接到顾陆明的电话，顾陆明说自己在去墨脱的路上因拍摄一朵鸢尾兰而不幸被悬崖上掉落下来的石块砸中头部，当时并没有发现异样，因此只做了常规包扎，但没想到现在病情突然恶化，需要开刀。

如果手术成功，顾陆明会渐渐痊愈。如果手术失败，可能会有生命危险。

季夏雨忽然想起，她曾经告诉顾陆明，她喜欢鸢尾兰的花语：爱的使者。

她接过医生手中的手术单，一笔一画地签上自己的名字。

七

季夏雨等在手术室外，觉得时间格外漫长。

五个小时后，手术室的门打开，护士们推着睡着的顾陆明走出来，医生紧随其后。季夏雨走过去握着医生的手泪如雨下，医生拍拍她的肩膀，将她带到办公室。

医生告诉她，手术基本上成功，至少没有生命危险。但是，他丧失了以前的记忆。

季夏雨一颗心终于放下来，与生命还可以延续相比，失忆算什么。更何况，忘记，并不是什么坏事。

她谢过医生后便去重症病房看顾陆明。那时，他已经醒来，正由护士喂流食。当他看到季夏雨后，忽然停止张口接住护士的汤匙，而是怔怔地看着季夏雨，而后嘴角扬起旁人难以察觉的笑容。

虽然他已经记不起她是谁，但是她并不觉得这个世界有多悲凉，重要的是，她喜欢的这个人仍然还在。

之后，她转身走出去办理各种事情，处理各种单据，并询问医生注意事项。等她再回到病房里时，护士已经走了，只留下他一个人躺在床上，望着天花板。她轻轻走过去，坐在他的床边，为他盖好白色的被子。

他安静地看着她忙这忙那，忽然费力地拉住她的衣袖说道：

"虽然我只见过你一次，但是我发现我已经喜欢上你。"

季夏雨哭得一塌糊涂，一边抹眼泪一边说道："我就知道你会这样说。"

他什么都忘记了，但是他在同一个人身上遇见两次一见钟情的爱情，这样的人值得用余生去呵护。

过了很多年，他的记忆仍然没有恢复，但是他和季夏雨守着那家客栈，过着快乐的日子。

至于那曾经占据着他生命大部分的摄影，已经让位给了身边这个会给他切实温暖的女人。

最终还是要找温暖的人过一生

一

苏樊是典型的夜猫子，白天拉上窗帘，穿着棉麻的睡衣，睡得天昏地暗。晚上就像喝了十几杯浓咖啡，异常清醒。

她最喜欢夏天，因为她觉得夏天的夜晚，比任何时候都要清澈，都要明亮。如果白天下一点儿雨，晚上的风就会像轻薄的丝绸一样，轻轻地掠过肌肤，让她有种难以名状的感觉。她说不出这种感觉，只是享受夜晚给予她的馈赠。

在晚上，她通常做两件事情——听电台广播和写稿，这两件事会同时进行。她或是听经典、没有歌词的轻音乐，或是些歌词她听不懂的英文或日文的歌曲。她就像一团海藻那样沉浸在喃喃自语的旋律中，用手指在电脑上敲击并不为取悦众人的文章。

东方露出鱼肚白时，杯里的咖啡早已见底，电台里的音乐也已息声。而电脑屏幕上的文档，早已被苏樊填得满满当当。

她伸一个懒腰，走出书房，总会看到男友围着围裙，在厨房里煎荷包蛋。热好的牛奶，已经放到了餐桌上。苏樊揉揉眼睛，嘴角挂着笑，走进厨房从背后抱住男友，脸紧贴在他宽厚的背上，心里觉得格外踏实。

二

在朋友眼中，苏樊和她的男友谢睿是最般配的一对。

该浪漫时浪漫，该沾油盐酱醋时就沾。可以扔下工作，关掉手机，跑到国外的岛上晒一个星期的太阳，也可以在菜市场为了两块钱的黄瓜计较半天。

在谢睿眼中，苏樊有一颗文艺青年的心脏，浑身却散发着食尽烟火的气息。而在苏樊眼中，谢睿就是长着一张帅到没朋友的明星脸，但温柔到会在晚上随时醒来给她掖被角的暖男。

他们没有吵过架。你退一步，我退一步，中间总会涌进新鲜的空气。除却这个理由，他们不吵架也因为没有时间。苏樊属于夜间动物，而谢睿要在白天上班。他们接触的时间，不过一个早餐和晚餐的时间。

所以，谈了三年恋爱，他们在对方心里都保持着最美好的样子。而且这份美好，随着时间的推移，变得更加珍贵。

每天吃晚餐的时候，苏樊总会说起白天的梦中有一个声音特别好听，长得特别帅的男生。谢睿也总会一边盛粥一边风轻云淡地说："你这纯粹是白日梦，再说了，他有我帅吗？"

苏樊一边喝粥，一边翻着白眼，脸上却全是掩盖不住的笑意。

每当她放下碗筷准备回书房写稿时，谢睿就会命令她坐下："再吃半碗米饭，上次我妈又说你瘦了。"

他们没有过多地说过将来怎样怎样，却都已愿意要永远这样相伴着走下去。是的，谁会拒绝一个从来不会无理取闹的伴侣呢？更何况，他们是那样深爱着对方。

三

苏樊听着午夜电台的音乐，写下很多关于自己和男友爱情的文章，并将这些文章放在微博里，或是豆瓣上。

熟识的朋友看到后，总会羡慕地说：

"苏，你什么时候请我们吃喜糖？"

"苏，你们的爱情都可以写成一本书了。"

后来，苏樊真的把他们之间的故事写成了一本书，里面有他们在大学时期寄给对方的信笺，平日里所写的日记，以及在餐桌上发生的点滴小事。都是波澜不惊的情节，却足够温暖人心，就像是夜晚那枝在星光下盛开的夜来香，香气刚刚好。

那些熬夜的日子总算没有被辜负。一家名气不太大的出版社打来电话，与苏樊谈她所写的这本爱情书籍的出版条件。其实，苏樊在高兴之余是有些丧气的，出版社看中的并不是那些沉重的融合着自己生命血肉的文字，而是这些未曾花费多少心思便写出来的爱情篇章。

这样也好，总算比没有人认可叫人舒服。

四

在忙碌的数月里，苏樊又瘦了很多。白天与出版社探讨书籍的细节，晚上再写几个小时的文章。多半情况下，她都熬不到午夜，因而也很少去听那档轻音乐电台节目。

书籍出版那日，苏樊长长地出了一口气。正准备穿着衣服躺在床上，出版社的电话就又追来。放下电话后，苏樊面如死灰。谢睿

放下手中的蔬菜，慌张地跑过去扶住她的肩膀。

原来，出版社为宣传这本刚出版的新书，要求她去电台录节目。苏樊习惯了在午夜安安静静写自己的文字，听那些不知名的轻音乐，猛然让她由幕后转为前台，带着极大的功利性去做宣传，委实有点为难她。但是，惯于顺从的她，无法做到拒绝。况且，这本书是她的第一本书，她也愿意有一个好的开始。

五

在一个星期的准备过程中，苏樊变得焦虑，烦躁，易怒，半夜写不出稿子，就是听着电台里放的轻音乐发呆。

去录节目那一天，苏樊哭得一塌糊涂，谢睿在一旁幽默地哄：

"行了行了，还真把自己当名人了啊。你放心，肯定没有几个人听，就算是出丑，也不会有人听到的。"

"我都快紧张死了，你还在说风凉话。"苏樊眼泪鼻涕都糊在了脸上。

"真没事儿，电台主播肯定是男的，再加上咱家姑娘颜值这么高，效果一准儿好。"

"那万一有艳遇怎么办？"苏樊终于在呼出一个鼻涕泡后，破涕为笑。

安慰与被安慰到此为止，苏樊背上背包决绝地走出了家门。谢睿则紧张地拧开苏樊去录节目的那家电台，等待着苏樊的声音响起。尽管他知道，苏樊的声音在午夜才会出现，但他就那样一动不动地坐在沙发里。

谢睿并没有告诉苏樊，他比她紧张一百倍。

六

苏樊跟着出版社的团队走进电台所在的大厦后，电台的领导迎上来。寒暄过后，主播自大厅门内走出，经人介绍后，苏樊知道他叫蒋轩。蒋轩走过来热情地与苏樊握手，说他已经看完了她写的书，并表示非常欣赏。

初次见面，苏樊觉得蒋轩与自己想象中的电台主播一样，说不上有多帅气，却温暖有余，不锋利，也不自傲。他最大的优点，应该是不知道自己的优点。所以，他从不招人厌烦。

转眼间，录播厅里只剩他们两个人。就连拍照的人，都被蒋轩笑着推了出去。

在未正式录播前，蒋轩为了更多地了解苏樊，以使效果更好，便像拉家常那样与苏樊聊起了天。这使苏樊紧绷的情绪，慢慢地松弛下来，让她更加自然。

开始的时候，他们聊天气。稍稍熟识之后，他们聊起了星座。后来，他们又聊到各自的感情生活。再后来，他们说到刚刚出版的这本书。不管说什么，总觉得十分投机。

不知不觉，已过去两个小时。期间有人轻声敲门，问录好了没有，蒋轩站起身来，走到门口告诉那个人，还要等一会儿。

后来又聊了大概半个多小时，蒋轩终于调试好话筒，戴好耳麦，向苏樊示意开始，然后他一改聊天时的随意声音，变为字正腔圆且带有磁性的广播腔。苏樊刚刚平稳下来的一颗心，一下子又提

到嗓子眼上。

在他们录节目期间，电脑屏幕上显示的声音线条起起落落，就像苏樊忐忑的心情。蒋轩问了很多问题，苏樊就像一只提线木偶一样，用稍带方言的普通话回答。有时答非所问，蒋轩就不着痕迹地替她圆场。

时间很快过去，两人摘下耳麦的时候，窗外已经黑透。

七

苏樊依旧喜欢夜晚。在晚上，她仍然听电台广播，只不过她总是不由自主地将频道拧到蒋轩的节目。以前她总是让轻音乐在房间里肆意流淌，如今她喜欢戴上耳机独自倾听。

每当谢睿替她拿来一些零食，端来一杯咖啡时，他总忍不住调侃：

"姑娘，又在听那些无病呻吟的轻音乐？有那时间，还不如听听郭德纲的相声，延年还益寿。"

往常，苏樊总是跟他争论，现今却只是笑，然后笑着笑着就流出泪来。

谢睿走出书房时，都会把门轻轻带上。苏樊不敢告诉他，自己喜欢上了蒋轩的声音。或者，更坦白一点儿，她喜欢上了这有磁性的声音的主人，蒋轩。

说不上理由，就只是单纯地喜欢，而且她也并不想拆散两对情侣，去盲目地追逐这段蜻蜓点水的情缘。

苏樊能做的就是，在午夜戴着耳机听蒋轩的节目，听完之后带着落寞的心情写融入生命的稿子。男友推门而进送来夜宵，她抱歉地笑着给予拥抱和感谢。

她想，或许谢睿已经知道。但是，谢睿绝口不提。

不提，向来是最明智的做法。你不说，我就假装不知。窗户纸不捅破，就当从来没有发生过。不管从前，还是今后，我们都是令人艳羡的情侣。

八

自从苏樊在电台录的节目播出后，不断有读者将一封封询问感情问题的电邮发到她的邮箱，俨然将她当作情感导师。而她听着蒋轩的声音，不知自己何去何从。

一天晚饭时，谢睿犹豫再三，终于对苏樊说，父母已在催婚，希望今年可以把婚事办了。说完，谢睿单膝跪地，从兜里拿出一枚钻戒，递到苏樊面前，说道：

"我不是最好的人，但会给你最体贴的爱。你愿意嫁给我吗？"

苏樊放下碗筷，把头深深地低下去，像是要低到尘埃里。

"我愿意，"苏樊顿一顿说，"我愿意，忍受你。"

说完，苏樊抬起头，脸上已满是泪水，在月光的照射下，显得特别的亮。

后来，他们拥抱着笑了。

第二天，他们回家领了结婚证书。

很久很久之后，那档有着磁性声音的电台节目依旧如约播出，

只是苏樊已经换了频道。她甚至已经忘了，在录播室里见到的那张脸，以及那道敦厚的声线。

很久很久之后，午夜电台不过是苏樊做过的一场华丽且带着悲伤的梦。

我终会原谅你，像海洋原谅鱼

一

那一天，桑文约我到一家咖啡厅。我们是大学同学，相识已有六七年。在我的观念里，身形微胖的人，多多少少都带有些幽默的基因。桑文也是这样的人，一件悲伤的事情到了他口中，也会带上喜剧的效果。

但是，那一天他刚坐下，就一脸忧郁地告诉我说，他好像遭遇了婚外恋。

那一口热咖啡硬生生地卡在我的喉咙里，咽下去太烫，不咽下去又不好吐出来。于是，我只能干瞪着眼睛看着他，心里想着，他身上的幽默细胞应该又泛滥了。

然而，时间哗哗流走很多，咖啡只剩半杯，桑文脸上的忧郁却只增不减，聊来聊去话题都离不开爱情与婚姻，语气里的幽默感荡然无存。我开始相信他真的遇到了一段新的爱情。

二

在咖啡的刺激作用下，他的意识极其清醒，但仍说不清楚事情究竟是怎样发生的，是从何时开始的，又是怎样一步步不受控制地

发展的。他只知道，他回到家不敢面对任劳任怨的妻子，见到无意爱上的那个女人时，心里好像有一万只蝴蝶在翻飞，却不敢靠得太近。

并不是每个人都有机会犯错，也并不是每个人犯错后能得到原谅。因而，犯错也需要时机和勇气。

桑文抱着头趴在咖啡桌上，抬起头时，他脸上有两串明亮的水痕。那是我第一次看见一个男人的眼泪。我知道，眼泪对于一个男人而言，是最大的难堪，也是最彻底的坦白。事情远比我想象中更严重。

三

桑文和他的妻子余淼从大一开始恋爱。余淼就在我隔壁的宿舍，每当我在阳台上晾晒衣服时，就会听到余淼在隔壁的阳台上和桑文通电话。那酥到骨子里的声音，那蘸了蜜糖的情话，现在想来还能让我起鸡皮疙瘩。每当那时候，我就会叫来宿舍的姐妹，一起偷听他们打电话。到第二天，再像复读机一样把这些话阴阳怪气地复读给桑文听。

我们看到憨厚的笑容在桑文的脸上打起褶子，才知道他们两人是多么相爱。

大学毕业，他们两个就急急裸婚。我们带着微薄的彩礼和满满的祝福，参加了他们的婚礼。那一天，桑文喝得酩酊大醉，却不忘夸奖余淼是最漂亮的新娘。

一年后，余淼为他生下一个可爱的女儿。她辞掉工作，专心打理家庭的后花园，让桑文完全没有后顾之忧，安心地在事业的战场上摸爬滚打，前仆后继。

如今，他们的女儿将满三岁。但他不知道女儿什么时候开始长牙齿、长了几颗，爱吃的零食是什么，常穿哪几件衣服，发烧感冒了应该喂哪些药。这些事情，都是余淼在尽心尽力地操持。

他的工作随着职位的升高而越发忙碌。五点半下班，他总因各种各样的应酬八九点钟才到家。到家后，余淼总会端来醒酒茶和清淡的食物。她仿佛是个天生不会埋怨的女人，只是默默地在这个深爱着的男人背后做着该做的一切。

有时，他会把未完成的工作拿回家做。凌晨三四点钟在书房猛地醒来，看到身上盖着暖融融的毛毯。至于桌上那杯暖胃汤，一定是余淼熬夜煮的。

她对他无条件信服，把这个男人当成生命中不灭的灯塔。她没有环游世界的欲望，也不想与街上那些光鲜亮丽攀比，更对那些橱窗里标价五位数的饰品无动于衷。她的全部，就只是他。

无疑，他觉得自己是幸运的，也觉得自己此生只爱这一个女人。

但是，命运非要给他开一个玩笑。而他也不得不战战兢兢地接受命运的戏谑。

四

那一天，公司空降了一位主管。二十七八岁的年纪，清爽的短发，倔强的脸部轮廓，一身素蓝的秋款套装，脚上是锋利尖锐的细高跟鞋。她是与他平级的部门经理，负责营业部的一切事务。

经理会议上，她在做自我介绍时，只是简单地说道："我叫顾襄吟。"人们在等她说下句的时候，她已经若无其事地坐回自己的座位。因而，人们只能相互看看彼此，然后抬起手鼓掌。

桑文一开始很讨厌顾襄吟，因为她太过骄傲，以至于目中无人，毫无保留地指责他部门的业绩，并对他的管理方式嗤之以鼻。恰好他也是一个骄傲的，具有强烈大男子主义的人，不容许任何一个人，尤其是女人对他指手画脚。所以，他恨这个说话不留余地的女人，想要做出更漂亮的成绩给来给她一记漂亮的耳光。

他比以往回去得更晚，工作计划做得更周密，时间利用得更充分。但是，每次深夜当他处理完所有的事情锁上门回家时，总会看到隔壁经理办公室依旧亮着灯。他愤恨地大步走到办公大厦外，吸一根烟才发动轿车引擎。

有一次，他在驱车回家的路上忽然想起忘拿一个文件，便调头回公司。路过顾襄吟的办公室时，桑文恰好看到门开了一道缝，她正靠在椅子上，一边转着手中的笔一边半梦半醒地说道："我也只是女人。"

桑文定在原地。这不是平时的顾襄吟。平时的顾襄吟是锋利的，是会把手下的人骂得体无完肤，想要超越任何人。而那一刻的顾襄吟，是柔软的，是对自己充满怜悯的，是知道自己的弱点的。

五

在没有遇到爱情之前，为了过理想的生活，顾襄吟只能拼命地工作。她不会告诉任何人，她自幼失去父母，在一所孤儿院长大。

她也不会到处宣扬，她没有闺密，不敢依靠任何人。她所拥有的，只是能养活自己的工作，以及永远不会背叛的自己。

顾襄吟遇到过很多男人，而这些男人只垂涎于她的清高与美貌，所付出的也只是手中享之不尽的金钱。她回到那座别人赠送的房子里，只有钟表的滴答声回应她。因而，她宁愿躲在办公室里，用那些永远都处理不完的文件打发花不完的时间。

桑文不得不承认，她身上那套蓝色的套装，与她那一刻的忧郁气质熨帖得天衣无缝。顷刻之间，他忽然明白，他对她的厌恶，对她的不满，对她的埋怨，全都来源于他只能暴烈地去恨她，而不能去爱她。

他有妻子，没有资格再谈到对另一个女人的爱。因而，他只能空着手默然走出公司。一路上闪烁着的霓虹，都像是对他的责难和讽刺。他浑然忘记返回公司是为拿一份重要的文件，他耳边总是传来顾襄吟那句幽怨的"我也只是女人"。

桑文回到家时，余淼刚哄女儿睡着。她像往常那样随意地扎着马尾，一身宽松的睡袍，脸上因没有好好保养已出现细微皱纹，眼中神情都是嘘寒问暖，口中话语都是问他累不累。他感到前所未有的疲倦，对伪装的疲倦。

他知道他必须做出选择，而无论怎样的选择都是一种放弃，都会付出代价。

六

那一天，我接到余淼的电话，问我可不可以出来坐一会儿。

余淼总是围着家务团团转，很少出门。我联想到前些天桑文苦恼的样子，恍惚明白了些什么。

我直接去了余淼家。余淼煮了雪梨汤，里面放了少许糖，味道甜得刚刚好。我正胆战心惊地想着要说些什么，以稀释尴尬气氛。倒是余淼开门见山地告诉我，桑文提出离婚，但是她坚决不同意，最终两人协议分居。

我怔怔地看着余淼，余淼看到我惊愕的神情才明白我对事态的发展并不知情。我没有想到，桑文竟然如此坚决，如此意气用事。

我问余淼打算接下来怎么做，她说从嫁给他的那一天，她就已经与这个世界隔绝，她眼里看到的都是家务、孩子和桑文，懂得的只有菜价的涨落，奶粉的贵贱。她自怨自艾地说道，她似乎从来没有问他的工作，也不会跟着他出去应酬，也难怪他会看倦。

我不知怎么安慰她，只是替她悲哀。当初大学里那些你侬我侬的画面，现在想来不过是些笑话。

回到自己的家，我打电话给桑文。作为一个朋友，我并没有质问他的资格与权利，我只是想劝他想清楚后果。

他早已不是过去的桑文，声音里不带半点儿嬉笑。他说，他没有办法不清不楚地去发展一段婚外恋情，只有把一方安顿好，才能去追求另一方。我告诉他，可能到最后他什么都得不到。他的声音很无奈，只是重复地告诉我，目前他只想这么做。至于后果，他已经无暇兼顾。

七

后续的故事，已经变得很俗套。我仍然和余淼以及桑文保持着联系，也在偶然见到过正和桑文一起吃饭的顾襄吟。

女人看女人，眼中总会多些挑剔。更重要的是，余淼和桑文都是我要好的朋友，所以对顾襄吟的看法便更刻薄。在我眼中，她应该是一个不食人间烟火的女人，她不会半夜起来帮床侧的男人掖被角，不会为男人洗手做汤羹，不会为男人做出一点儿让步，一点儿改变。看得出来，她确实爱桑文，但是她更爱的人应该是自己，她不会像余淼那样把自己毫无保留地奉献给一个家庭。

所以，当桑文偷偷问我对顾襄吟的印象时，我只能实话实说，很漂亮很高贵，但不适合你。如果她是一条鱼，那么她从来都不甘心在鱼缸里游动，她的心里有一片没有边际的蓝色海域。

这是具有大男子主义的男人，最难相处的一类人。她的眼界比他的要广阔。

八

不过两个月的时间，桑文就从顾襄吟那片海域里挣脱出来，回到了余淼的鱼缸里。

他告诉我说，我说得对，顾襄吟还是原来的顾襄吟，渴望爱情却不敢为任何人做出改变。她也不敢为任何人低头，她害怕头上的皇冠会掉。因而，她面对周围人的非议，没有丝毫犹豫便向上司递交了辞职单，留给众人一个潇洒的背影。

余淼恰好相反，她是最传统不过的女人，忍耐力超强，遗忘能

力也超强。男人离开时痛哭流涕，男人回来后只当对方出了一次时间较长的差。

他们仍旧是夫妻，都默契地没有提及那段分居的日子。

是的。没有费吹灰之力，余淼便原谅了桑文。她清楚地知道自己需要什么，也知道自己有多爱他。虽然，他那一颗心早已迷失在另一个女人的身上。

原谅，并不像我们想象中那么难。只要还有爱存在，就能轻易原谅一个迷途知返的人。

桑文又恢复了他的幽默特质，瘦下来的脸又鼓了起来。

看似一切如常，但是谁也不知道，他每次下班路过隔壁的办公室时，总会下意识地看上一眼，想一想那个爱穿蓝色套装的顾襄吟。

然后，他发动车子的引擎，在热闹而寂寞的霓虹灯中朝家开去。

你所在的
孤独星球，
比这个
世界还动人

我曾经跨过山和大海，也穿过人山人海
我曾经拥有着的一切，转眼都飘散如烟
我曾经失落失望失掉所有方向
直到看见平凡才是唯一的答案

——朴树《平凡之路》

诸般不美好，皆可温柔对待

一

沈芹独自带着一个四岁的女儿，有一份还算稳定的工作。

十月怀胎期间，她已经为女儿起好了名字：沈悦。

在沈悦的出生证明上，母亲一栏写着沈芹，父亲一栏是空白。

沈芹这样做的理由很简单，她之所以不顾所有人的反对坚决生下这个孩子，不是想挽留那个不愿负责任的男人，也不是为了纪念那一段曾给过她幸福的爱情。她生下这个孩子，只是为了自己。

她想给自己一次做母亲的权利。一生可能仅有的一次。

沈芹自幼身体便不太好，从上小学到上大学，她曾经多次暂时性休学而在家休养。每逢体育课，她总会递给体育老师一张病假条。学校运动会上，她只能挤在啦啦队里，高喊某某加油。班里组织各种春游秋游活动时，她只能独自留在家里，写一篇想象中的游历作文当作作业交给老师。

这一路的孤独与辛酸，以及对健康生命的渴望，她体会得最透彻。

所以，在大学遇到一个热切追求她的人、愿意照顾她的人、承诺要给她温暖的人时，她觉得是那样不可思议，以至于没有丝毫犹豫便以身相许。

过了很久，再回想大学时代那段爱情时，沈芹仍觉得它艳丽如大丽花，灼灼耀目，蓬勃热烈。只是，花期一过，大丽花便在风吹雨打之下自顾自地片片凋落，爱情过了热恋期，也会一度度降温。

更何况，降至冰点的爱情，又在临近毕业时拖上了孩子的负累。

当得知肚中蠕动着一个新生命时，沈芹是苦恼过的。孩子是爱情的果实，但毕竟来得太早了一些。挣扎纠结许久之后，沈芹将这个消息小心翼翼地告诉了男友。果然，男友沉下了脸。两人静默对峙很长时间之后，他终于从牙缝中挤出三个字：去打掉。没有安慰，没有商量，只是下达一个不容许沈芹反驳的命令。

沈芹知道，已经没有周旋的余地。他做出的决定，容不得任何人更改。

二

沈芹忽然想起男友曾经说过，希望以后生一堆宝宝，他在外打拼，她就打理生活的后花园。有假期的时候，一家人就去某个有海的地方度假，把皮肤都晒成健康的小麦色。

看来，男人的话，在那年那日听着如蜜糖，今年今日想起如砒霜。在未做到之前，所有的许诺都是空言，所有的事情都是幻想。彼时就把男人随便说说的话当真的人，定会笑当年的自己太傻。

第二天，沈芹听从男友的建议，鼓起勇气独自走进医院准备将肚中还未成形的孩子打掉。在沈芹做完各种检查，进入手术室之

前，脸上已生皱纹的老医生告诉她，她身体状况很不好，如果打掉这个孩子，以后可能再也不会有孩子了。

沈芹愣在原地，等她反应过来后，对医生说要再考虑一下。于是，她拿着一叠身体检查单走出妇产科。

那一天，天气应该不错。五月的太阳还算柔和，偶尔有凉风摇动树梢。沈芹坐在医院的凉亭里，看着拿在手中的单子。她看不懂那些专业数据，但她清楚地记得医生告诉她，孩子很健康。

旁边有一对夫妻牵着一个小女孩儿走过，小女孩儿的头顶编着两条辫子，辫子上戴着两只布蝴蝶。他们走很远之后，沈芹仍然能听到那个小女孩儿风铃般的笑声，以及用稚气天真的语调问着各种无厘头的问题。

天黑之前回到学校后，沈芹打电话把男友叫到操场上，一字一句地告诉他自己的决定：要把孩子生下来。之后的画面，像是被特殊处理过的电影无声慢镜头，男友手势幅度之大，表情愤怒扭曲之极，都让人觉得不可思议。但更令人不可思议的是，沈芹只是静静地站着，像是有意与男友形成一种滑稽的对比。

那个夜晚，他们分别变成了对方的前男友和前女友。他扔掉了包袱，终于松了口气。而她只是觉得悲哀，悲哀得不知道怎样去哭。

经历过才知道美丽的东西并不可靠，比如爱情；可靠的东西经常被我们忽略，比如血脉之亲。

沈芹决定要在世间留一个与自己血脉相连的生命。

三

这是一件美好的事情吗？不。

但是，沈芹觉得这件事也并不像前男友或其他人想象的那样坏。既然已经无法更改，也已经做出决定，沈芹便决定温柔对待。

忙毕业论文，定期到医院检查，删掉前男友的联系方式，忽视同学们的有色眼光，这些事情说起来容易，做起来并不轻松。但正是那一段孤独得只有自己与胎儿的时光，赐予了沈芹面对糟糕世界的勇气。

四

如今，孩子已经四岁，刚上幼儿园。会算个位数算数，会用彩笔画硬线条画，会自己穿衣服，会把幼儿园里发生的事情磕磕绊绊说清楚。

同事们都说，小沈悦长得和她越来越像。她觉得很欣慰，周围人都懂得如何处理好人际关系，不该问的不该说的从不失礼。人们都知道沈芹独自带着女儿生活，但人们从来不会问女儿的父亲是谁，现在在哪里，有无按时寄生活费。相反，他们会将好的项目让给沈芹，会把自己孩子的玩具送给沈悦。对沈芹来说，同事们都心照不宣地给她留一点儿隐私空间，这是她收到的最好的礼物。

至于沈芹的父母，直到沈悦两岁时才接纳她们。父母并不想真的与孩子断绝关系，只不过是借这种极端的方式阻止孩子跳进火坑。在此后的时间里，沈芹在火坑中被煅烧，历经百般痛苦以及时间的淬炼后，终于重生。她的父母看到女儿过得并不像想象中那样

坏，死结也就慢慢解开。

只是，她的父母已经年迈，再加上前些年伤透心，在去年相继谢世。对于这些令人伤心欲绝的事情，沈芹只允许自己难过一个星期。这并不是狠心，也不是冷血无情，而是她有更重要的事情要做，有很长的余生要走，她得好好地活下去将沈悦抚养长大。所以，她得看得到生活中美好的一面，如此才能去抵御时间的考验。

在生活的磨砺中，在命运的指引下，沈芹变成了她以前最不想变成的人。但是，当她在幼儿园门口看着小沈悦背着书包跑进她的怀里时，沈芹觉得没有任何一种结果会比现在更好。

生活最初的样子，是丑陋也好，是美丽也罢，都无关紧要。紧要的是，生活最终呈现出来的样子。

五

日子就这样无风无浪地向前推移着。有时晴，有时雨，好在无论怎样的天气，母女俩都不再害怕和焦虑。

直到上个月的一天，沈芹正在忙一个项目的收尾工作，手机铃声忽然响起。她见上面显示的是陌生号码，就即刻挂断，继续忙着未完的工作。但是，刚挂断后铃声又响起来，再挂断还会再响。等焦头烂额的沈芹打算接听时，手机却因电量不足而关机。

晚上哄沈悦睡着，她才忽然记起要给手机充电。还未充足十分钟，手机便在自动开机后铃声大作，依旧是那个陌生的电话，闲下来的沈芹终于按下接听键。对方只说出一个发颤的"喂"字，沈芹便听出那个人是谁。

过了这么多年，她还记得他的声音，依然会为他的声音感到激动。只是这种激动，在岁月的安抚下，已经不是因爱情而起，而是因他竟然找得到她。

在电话里，他委婉地要求见面。生活的波折，已经让沈芹做事带上磊落干脆的风格。她没有犹豫，便答应了这次约会。

见一面也好。真真切切地坐在那个人面前，不卑不亢地展现自己的生活状态。然后，告诉那个人，一切早在他命令自己将孩子打掉的时刻结束。

她确实这样做了。到了约定的日期，她穿上得体大方的套装，精心地化了淡妆，并为女儿换上刚刚的公主裙，带着女儿出门。

沈芹和女儿抵达约定的地点时，他已经等了十五分钟。在朝他走去的几步路程中，沈芹发现他其实并没有什么变化，只是T恤换成了西装，镜框由白色转成偏老练的黑色，脸部的轮廓因为变胖而变得丰满。

那一顿饭，持续了将近两个小时。他不断用各种方式重复自己的事业小有成就，因为始终惦记着沈芹而一直保持单身，希望她可以重新回到自己的身边。为了加大胜算，他还邀请小沈悦到游乐园玩，而小沈悦只是礼貌地说："谢谢叔叔。"既没有答应，也没有拒绝。

沈芹知道每个完整的孩子，都该有一个父亲。但如果这个名义上的父亲，没有承担过一丁点儿责任，没有目睹孩子是怎样学会走路，几岁掉牙换牙，那他便如同一个陌生人一样，即便是出现了也

没有任何意义。

当初甘愿错过，今日也得接受这样的结果。

六

在回家的路上，女儿已在沈芹的怀里睡熟。女儿的一呼一吸，都让沈芹觉得这个世界值得留念。

她想，等女儿长大之后，她会把所有的事情都讲给她听。她知道，女儿在未来也会在爱情里受挫折，会受伤，会流泪。她不会干涉女儿的选择，而只是给出温和的建议。如果尽情去追之后，弄得遍体鳞伤，她大可像今天这样投入母亲的怀抱。

沈芹知道她再也不会去见他，这并不说她丧失了去爱的能力，而是她愿意将爱倾注到更值得的地方。比如孩子，工作和日常生活。

她紧紧地抱着女儿，轻轻告诉女儿，不要害怕。你终会长大。

悲伤化作诗意，就没那么痛

一

虞景飒是母亲上学时的同桌，年纪比母亲略大一些。

再有两年，她就整整五十岁。谁也不曾想到，她真的会一直保持单身。

她的同学们都在二十多岁的年纪嫁了人，走出了那个闭塞的山村。唯有她，选择在那个山村里逐渐老去。

时间迅速往回转，十六岁的她正趴在桌子上给未来的自己写信。那时，她刚刚受到老师的表扬，获得了省级作文比赛第一名。她写道：我会永远留在这座村庄里，因为这里有我最爱的人。不要后悔，这一切都是自己的选择。

四十多年后，她没有继续发挥自己的长处，成为一名作家。但她遵守了自己的诺言，与这座陈旧的村庄一同醒来，又一同睡去。这里仍旧住着她最爱的人，但是那个人已经不属于她。

所有的事情，都不可能预料。所有的期许，都是幻想的前身。当你预定未来时，未来却从来不在你的掌控之中。

二

在十五六岁的年纪，虞景飒最爱逛村口处的那家不大的旧书

店。周六日做完功课，她就把自己泡在里面。除却爱读书这个原因，她经常去旧书店更因为魏恺也经常去那里。

魏恺是她隔壁班的同学，人长得清秀，成绩名列前茅，又打得一手好篮球，自然成为学校的名人。课间的时候，女同学们时常谈论魏恺，一脸兴奋的样子。虞景飒从来不加入她们，只是坐在座位上假装温习功课。

自从第一次去书店碰到魏恺后，她便常常去。开始时，两人只是点点头。见面的次数多了，他们也就熟识起来。有时，他们并不看书，只是捧着书说话。

渐渐地，这家小书店就成了他们约会的地点。说是约会，其实也就是站在书架前，一边找自己感兴趣的书，一边说着最不像情话的情话。

那是他们一生当中唯一一段没有烦恼的日子。那时候，他们都觉得一辈子很长，足够两人把所有想做的事情一件件做完。是啊，谁都年轻过，谁都觉得变老是很久以后的事情，清单上的愿望伸手就可以摘到。更让人觉得理所当然的是，相爱的人会永远在一起。

天真得要命，却心满意足得要死。而如今再看那时候的自己，只能一边嘲笑当初的自己异想天开，一边嘲笑现在的自己活得太清楚。

虞景飒和魏恺就是这样。他们没有对彼此发过誓，却笃信彼此就是这一生中要找的人。然而，在一个阳光充沛的下午，他们又在旧书店里约会时，安静的小镇忽然骚动起来。他们犹如惊弓之鸟那样，在众人怪异的眼神和指点中，默默各自走回自己的家。

那是一场撞破隐秘爱情的车祸。在车祸中死去的女人是虞景飒的母亲，死去的男人是魏恺的父亲。两个大人躺在出村的弯路上，血流了一地，连带着那辆老牌的自行车，都染成了红色。村庄里的人们怀着复杂的心情，安葬了这两个人。

流言自然少不了，但随着时间的流逝，流言也就如柳絮一样渐渐消失。

然而，虞景飒和魏恺再也没有同时出现在那家旧书店里。他们像是陌路人那样，既没有相识过，更不曾相恋过。

三

在以后漫长的岁月里，虞景飒固执地用孤独的方式抵抗随时可能袭来的遗忘，而魏恺则娶了邻村一位女子，试图用全新的生活掩盖那令人难堪的曾经。

他们都沿着自己的生活轨道走着，这两道轨道在过去交叉过，如今只是越离越远。

她成了民办学校的一名语文老师，每天坐公交去邻村上课，放学后再坐公交回来。她在生活中，没有昂扬的斗志，但也不曾懈怠过。更确切地说，她是一个懂得安于现状的人，不去苦苦问命运为何这样安排。她想，或许顺其自然日子会更好过一点儿。

漫长的黑夜，她通常会一边听着情感电台一边批改着学生的作业。如果躺在床上难以入睡，她就走进书房随便拿一本书随便翻开一页读起来。

她的书房与村口那家书店的格局几乎一模一样，但她从不承

认，那里藏着青春的记忆。书房里的书，她几乎每一本都读了两三遍。同样的，她也从不承认，那些都是她想他时读过的书。

当她想他的时候，她就会读书。如果在办公室里，她就会读课本。如果是在家里，她就会读书房里的书。她总有书可读，因为她总是会想起他。

但是，她不让任何人知道，也不让任何人看出来。说到底，她太害怕已经落灰的流言再复燃。所以，她只能把对魏恺的感情稳妥地放在心里，隐忍着过日子。

邻居家的大婶和她来往较多。大婶总是问虞景飒："半夜醒来，你不会感到孤单吗？"

"会。但是这么多年已经习惯了。"虞景飒说得相当坦白。

大婶多次劝她找个男人嫁了，总是被她婉言拒绝。

"五十岁离八十岁应该不是很远。"虞景飒是打算一生就这样一个人过下去的。

四

魏恺在镇上的邮政局上班，每天骑自行车往返家中和单位。他是出了名的好丈夫，妻子嫁过来后，没有干过费力气的活。结婚两年后，两人去医院检查，他才知道妻子不能生育。即便如此，他也待她如初。倒是妻子因此渐渐患上忧郁症，有时好几天不开口说一句话。

一年前，妻子的忧郁症渐渐好转。在魏恺刚要松口气，妻子又身患胃癌。魏恺工资不高，存款不多，只能四处借钱给妻子化疗。

一次化疗之后，妻子忽然说道，希望在她走后，他可以放下过去，开始新的生活。

妻子所说的过去，是指魏恺父亲和虞景飒母亲的事，也指自己和魏恺这段婚姻生活。

毫无疑问，他是一个好丈夫，但他不是一个好爱人。妻子清楚地知道，他和虞景飒之间的纠葛，以及相互之间刻意的躲避。她希望丈夫真正活一次，为心底那份被压抑的隐忍爱情活一次。这是她报答丈夫一直以来无微不至的照顾的唯一方式。

魏恺听到妻子这样说，微微一怔之后，随即自欺欺人地说道，他和虞景飒只是同学。

这个问题，没有谈起第二次。

化疗没有起到任何作用，癌细胞迅速扩散到全身，终于在一个阴雨连绵的天气带走了魏恺妻子的性命。

下葬那天，雨依旧没有停。村子里的人打着伞给她送葬，这些人当中包括虞景飒。

虞景飒在搭公交车上下班时，经常会从玻璃窗里看见骑自行车的魏恺。但是，那只是惊鸿一瞥而已，她不允许自己侧过头去追逐他的身影，而魏恺明知虞景飒就站在公交车里，也从来不转过头看她一眼。这么多年，他们一直违背自己的意愿。

直到葬礼这日，虞景飒穿着黑色的衣服，打着伞站在人群中，仔细地打量魏恺。他再也不是十五六岁的样子，眉目不再清秀，身形不再潇洒。他分明变成了一个老人，可他仍然是她钟情了几十年，也躲避了几十年的魏恺。

人群中逐渐有哭声传出，虞景飒也流下眼泪。她知道自己的眼泪和别人的眼泪，不是同样的味道。

五

葬礼结束后，魏恺回到家躺在床上睡得天昏地暗，他希望可以永远不用醒来。

醒来之后，已是第二天的上午。正当他收拾妻子遗物的时候，医院的护士打通他家的座机，告诉他妻子在生前写了一封很短的信。

他赶去医院，发现那封信的信封上写着，请转交虞景飒。

原来，每个人心中都有个解不开的结。他去世的妻子，一直在意自己没有得到他全部的爱，因而在去世之后希望他获得新生。

魏恺犹豫很久，还是没有勇气亲自交给虞景飒。最终，他重新买来一个信封，写上她所在学校的地址，寄给了她。

丧假结束后，他又骑着自行车上班了。上班的路上，还是会遇见那辆公交车。他们其实都看得见彼此，却都没有转过头看。

一天后，她收到那封信。信上只写有短短几行，字迹歪歪扭扭。

上一辈的错误，不应该由下一代承担。他们已经付出代价，你们无须再跟着折磨自己。对我来说，活着已经成为一件奢侈的事。希望你和魏恺不要再浪费时间。魏恺是个好男人。

这些话，应该是一个女人在临终前最诚恳的请求了。

虞景飒读完后，把那封信锁到抽屉里，抱起学生的作业本就去上课。上到一半，她忽然觉得学生全都莫名其妙地瞅着她。她伸手摸一摸脸，才知道脸上都是泪。她随即笑起来，给学生布置了作业，让他们上自习。

她匆匆走出教室，跑到洗手间洗脸。凉水让她忽然之间清醒，她直直地看着镜中的自己，不知道剩下的余生还有多长，是不是会像从前那样在读书中抵挡寂寞。

在看完魏恺的妻子写的信后，她其实已经决定怎么做，但她迟迟没有行动。她得给自己和对方一点儿时间。

六

在收到信的一个星期后，虞景飒敲开了魏恺的家门。

她问他有没有时间，他木讷地点头。在那一刻，他们都感觉到命运又一次推着他们往前走。

他跟着她走过旧书店，来到当年出车祸的地方。她蹲下来，把在路上采的黄色野花放在路的拐角处。他站在她身后，始终没有说话。

"不要把我妈想成是坏女人。"虞景飒背朝着她说道。这是他们第一次提到那段不堪的往事。

"不会。当年是我爸不好。"听得出来，他的话是由衷的。

"他们是相爱的吗？"虞景飒转过身来认真地问他，也是在问自己。

"不知道。"

"那我们呢？"虞景飒鼓足勇气问。

他看着她，想回答"相爱"却没有勇气。她见他迟迟不说话，便清楚他心里还有障碍未能消除。所以，她只能转过身，快步走掉。

在她越走越远时，他终于回过神来，觉察到这是自己唯一的机会。在那一刻，他不顾一切地朝她奔跑过去。在接近她时，用尽力气把她拥到怀里。

她潸然泪下，轻轻地说道："再抱紧一点儿。"

像是三十多年前一样，倾盆大雨突如其来，顷刻之间把他们浇透。他们紧紧拥抱着，让雨水和克制多年的泪水混在一起。

在大雨中，他们披着同一件衣服来到她的家。顾不得脱下鞋子，他们就哭泣着倒在床上。迟到了三十多年的缠绵，终于爆发。他们把衣服一层层剥去，就像卸下一个个十字架。但是，泪水一直止不住。他们没有感到愉悦或享受，只觉得这是一种自我的救赎。

那一夜，说长很长，说短很短。天亮之后，又是新的一天。

她睁开惺忪的睡眼，看到魏恺已经离开。昨晚的喧嚣，更像是一场梦境。

或许，所有的事情在开始的时刻，也意味着结束。

虞景飒知道，这一生自己与魏恺的缘分，到此为止。

七

几天之后，魏恺向市里申请调职。得到回复之后，他便离开了那个山村。

虞景飒则守着十六岁的诺言，永远地留在这片贫瘠的土地上。

夜晚降临时，她还是会感到孤独。那时，她会坐进书房里随便读一本书。

她告诉自己，如果感到悲伤，没关系，把它化为诗意，疼痛便没那么痛。

在寒冷的冬夜独自吃火锅

一

前天晚上芮意涵给我打来电话，告诉我，她终于和崔朗离婚。

我是一个嘴很笨的人，不会安慰人，只能问她，你还好不好？接着电话里就传来她爽朗的笑声。我一颗心重新落到胸腔里，知道她终于从七年的婚姻困境里获得解脱。

我问她是不是已经吃过饭，如果不怕麻烦就出来一起吃。她对我说，不用担心她的心情是不是很糟糕，这是已经注定的结局，放下电话后，她准备在家里吃火锅。

"吃火锅？一个人？"我吃惊地问道。

"是啊。一个人不能吃火锅吗？我已经买好了鲜羊肉、青笋、空心菜、金针菇、红薯片、麻豆腐、宽粉、蘑菇。对了，昨天去逛街，我还特意去买了一个鸳鸯锅，自己想吃辣的就吃辣的，不想吃辣的，就在清汤里涮菜。"她的状态比我想象得更好。

我想象着意涵在冬夜独自吃火锅的场景。鸳鸯锅里一半沉静，一半火焰，她不断向锅里加入爱吃的菜和羊肉。一边吹开热气，一边将锅里刚好煮熟的菜夹到自己的碗中。然后，她大快朵颐地吃起来，不用顾忌自己的形象，也不用为了保持身材而刻意把爱吃的菜拒之千里之外。

偌大的房子，她只打开了厨房的那一盏灯。昏黄的光线，让她整个人变得格外温馨。至于对面窗子里时常出现的一家三口坐在一起吃饭的场景，她如今已经能做到大方地给予祝福，并且不再对自己苛责。

吃饱之后，她在洗碗池里放满热水，戴上洗碗手套，将用过的锅碗瓢盆洗刷干净，并放回原位。继而，她削一个苹果，拧开客厅里的灯，看一部过时的影片。

以这种的方式度过冬夜，冬夜便不再那么漫长难熬。

二

芮意涵自幼便是个美人胚子，小学五年级时已成学校里公认的校花，放学后一群男生争着要骑自行车载她回家，甚至有一次两个男生在下课后一起去厕所，回来后各自脸上都多了拳头留下的青痕。后来我们才知道，他们两个都喜欢上了芮意涵。

因为长得太美，同性就少有人愿意和她做朋友。毕竟，人们都不愿意站在她身边，去衬托她那份超凡脱俗的美丽。只有我和陈初两个人，像往常那样和她保持着亲密的关系。

升上初中，她和陈初一个班，我被分到了另一个班。我重新找到了自己的朋友圈子，她们两个人的关系则更加要好，但我们三个在放学后还是会一起回家。

有一段时间，她们两个人的谈话里经常出现孟江城的名字。那时候，我还不知道孟江城是谁，只是从她们两个人暧昧的语气里知

道，芮意涵喜欢孟江城。

在一次年级篮球比赛上，拉拉队大声喊"孟江城加油"。我转过头悄悄问同桌哪一个人是孟江城，同桌伸出手指指那个穿着蓝色八号球衣的男生。我顺着她的手指看过去，看到一个留着周渝民发型的男子，五官帅气，身形矫健，把住篮筐就扣进去一个球。

如果说芮意涵是校花，那孟江城应该算是校草。他们确实很相配。也难怪在放学的路上，陈初提到孟江城的名字时，芮意涵的耳根会烧红。

三

初一上学期期末考试后，我们三个人踩着厚厚的积雪回家。

在路上，陈初从书包里拿出一封叠成心形的信，交给芮意涵。芮意涵看到信封上写着孟江城的名字，眼神里顿时交融着羞涩与惊喜。陈初对意涵说，如果你也喜欢他，就给他回信，信笺还是由她来传递。

我和意涵的家只隔着一条街，往常我都是背着书包去她家里写作业。但在那个寒假，她背着书包来到我家，习题册里夹着很多张彩色的信纸。我们把门反锁上，两个人商量着怎么把回信写得既矜持又意思明确。

临近除夕，她才把那封信写好。字迹娟秀，一撇一捺都小心翼翼。她没有把信纸叠成心形，而是假装随意地折成了长方形。

她把这封信交到陈初手上，希望陈初以最快的速度把信转交给孟江城。

那个寒假对她来说，是最漫长最难熬的一个假期。漂亮的成绩单，以及爸妈给的压岁钱都没有给她带来任何快意。

她是那么心急如焚地等待开学与孟江城相见的日子，但她并不知再次见面是那样一个尴尬的场面。

四

开学第一天，我们三个人一起去学校。走到学校门口，正好听到熟悉的同学在小声地说，孟江城和程青在一起消息。程青也算是学校里一个姿色不错的女孩儿。

芮意涵的脸瞬间变得惨白，但她又不得不假装若无其事地大步迈进教室。在教室门口，撞到恰要出来的孟江城，她连头都没有抬起。

我看着身边的陈初，问她是怎么回事，她也只是摇摇头，表示自己也一头雾水。

孟江城确实和程青恋爱了，芮意涵只当没有回过那封信。追求她的人还是排着长队，但是她都直截了当给予拒绝。

有一天放学，我们三个人一起回家。半路上，孟江城忽然出现在意涵面前。意涵让我和陈初在下一个路口等她，但见我们站着不动，就发了脾气。

大概半个小时之后，芮意涵重新出现在我们的视线里。陈初刚要挽住她的手，她却奋力地甩开，大步朝家的方向奔跑离去。从那以后，她再也没有和陈初说过话。

陈初蹲在原地，哭着告诉我，她没有把意涵的信交给孟江城。

"为什么？"我大声地问。

陈初一边哭一边说："凭什么大家都喜欢意涵，我只不过个子比她矮一点点，肤色比她黑一点点，头发比她黄一点点，成绩比她差一点点，但大家的眼里就只有她。我不甘心。"

所以，当陈初知道程青正在追求孟江城时，她便故意把意涵的回信藏起来。孟江城得不到回复，只好意气用事牵起程青的手。

在那时，我第一次知道女人的嫉妒心，是这样可怕的东西。

五

程青为了留住身边的男孩儿，不断警告芮意涵离孟江城远一点儿。

意涵只好找了一个借口，说服父母转到另一所私立封闭高中。从那以后，她再也没有见过孟江城。

我当时以为，换到一个新的环境，意涵很快就会忘记这片落着雨的云彩。但过了这么多年，她仍然没有忘记那个那份没有机会成长的爱情。

在私立学校，意涵的成绩一落千丈，中考时连最普通的高中也未能考入。所以，她的学生生涯就此中断。

我则因升入高中后功课越来越繁重，而与她的联系越来越少，只是偶尔从共同的朋友那里听几句关于她的消息。有时碰上节假日，我们也会在她家里或是我家里消磨整个下午。

仍然记得在高二的那一个夏天，她要我跟着她去见她男朋友崔朗。

"你有了男朋友？"我很吃惊。

"要帮我保密啊。"她脸上出现的羞涩神情，和在初中听到孟江城的名字时一模一样。

她穿着白色的连衣裙，站在崔朗身边，有种小鸟依人的信赖感。崔朗也很帅气，但他的帅气和孟江城不同。孟江城的帅气更时尚一点儿，更阳光一点儿，而崔朗的帅气则带了一点儿居家温润的气质。

他们的爱情，受到过来自双方父母的阻挠，也受到过来自崔朗那些前任们的挑衅。因为崔朗身上具备女人要求的一切条件：外貌出众，性格温和，家庭富裕。

但是，最终他们还是顶住了各方面的压力，在我大一下学期举办了婚礼。婚礼前一天，她趁着没人的时候告诉我，最近她一直梦见孟江城。原来，初中时在心里留下印记的人，会一直刻在心里。

我想，岁月应该给她一次再见孟江城的机会。或许，只有这样，她才会真正放下。

六

结婚三年之后，她生下一个女儿。

因为怕女儿夜里太折腾，影响崔朗第二天上班的精神状态，芮意涵便主动提出让他去另一个房间睡。

谁知他竟这样睡习惯了。女儿满一周岁后，他仍然在另一间屋里独自睡。

这样分居的生活，一过就是三年。

他仍然像以前那样每逢结婚纪念日就给意涵买很昂贵的礼物，但是他的眼里已经看不到任何爱怜。

她独自在家里照顾女儿，做杂务，等他回来吃饭，忍受他越来越糟糕的脾气。她任劳任怨，开始习惯这种寂寞孤独的生活。当然，有时候她并没有时间吟咏孤独，女儿一声啼哭，她就得中断思路哄她重新露出笑脸。

直到有一天，芮意涵在洗崔朗脱下的衣服时，从口袋里掏出一管只剩下一半的口红。

离婚的念头，就是在那一刻萌生，并且以不可抑制的力量迅猛增长。

芮意涵开始失眠，大把大把掉头发，一日一日憔悴下去。

七

拖拖拉拉近一年，芮意涵和崔朗在一次彻夜长谈之后终于签署了离婚协议。

离婚之后，她在超市的火锅材料区域忙着购物时，有人半信半疑地叫出了她的名字。她拿着一小袋金针菇回过头来，看到眼前的人正是孟江城。

十几年不见，如今在超市碰头。没有丝毫美感可言，但已足够让她泪湿眼眶。

结账之后，他们到附近的西餐店坐下。他们没有点菜，只要了两杯饮料，随便聊起各自的近况。他告诉她说，最近又添了一个儿子，夜里起来好几趟。她看着他购物袋里的尿不湿，嘴上一直夸赞他是个好丈夫。她说，她刚离婚不久，一个人重新过日子。

在离开时，他几次回头看她。她只是背朝他，高高举起右手道别。

是的。已经见面，只能道别。

他依旧是别人的好丈夫，而她要重新等待幸福来临。

八

回到家，她哭了很久。

哭泣过后，她又一次端出鸳鸯锅，放好底料，洗好买来的菜，独自吃热气腾腾的火锅。

在接近十一点的时候，她给我发来一条很长的微信：

我想我还应该保持生活的热情，我还应该期待，我会遇到一个可以一起变老的人。老了之后，我们一个人推着另一个人的轮椅，在养老院里回忆往事，甚至像老顽童那样玩一局老得掉渣的《星际迷航》。而在这之前，我得让自己重新美丽起来。尽管，打败孤独，是一件太过困难的事情。

我回复她："记得以后吃火锅的时候，叫上我。"

然后我们对彼此道声晚安。

去远方任何一个地方，重新开始

一

听过这样一个故事。

路知远的家乡在最北的北方，土地肥沃，庄稼苗壮。汤安是他邻居家的女孩儿，俩人是青梅竹马。但是，他心中有一个流浪歌手的梦想。这片肥沃的土地留不住他，这个温柔懂事的女孩儿也留不住他。他一定要走，只想和吉他在没有尽头的路上相依为命。

在他走的那天，女孩儿偷偷从家里跑出来，早早地在村口等他。最终，他带着她走了。他们带的盘缠很快花完，因而他们不得不停在半路，靠唱歌来赚取微薄的生活费用。有时，一连几天，都得不到分文。

粗糙的生活，使汤安的身体迅速垮下来。下雪的冬天，她躺在坚硬冰凉的床上，知道自己生命所剩无几。

在临终时，她嘱托他，等她去世后，把她的骨灰撒在海里。因为海水遍布全世界，无论他走到哪里，她都会一直陪着她。

他照她的意愿做了这件事。此后，他背着吉他寻访每一片海域。

二

如果流浪，请不要带上最心爱的女人。如果真正爱一个女人，就请为她停下来。

但是路知远都没有做到。

最终，他能做到的是，不停地行走，不停地寻找远方，不停地给自己重新开始的机会，以求背着吉他在苍茫的世界里得到生活下去的勇气。

三

我去年也曾以流浪的方式，在南方各个小镇行走穿梭。把诸事都锁进繁华的都市，只身一人背着一个不算太大的包就出走了。背包里的东西，无外乎是几本书，足够写很多篇故事的纸张和钢笔，以及简单的换洗衣物。这次出走，我给自己的假期是三个月。

在这三个月中，我才体会到真正的孤独，也真正佩服那些永远的流浪者。流浪说起来浪漫和自由不羁，但将其延续于整个生命时，它就开始带上落拓的色调。不是所有的人，都具备流浪者的素养。这些人需得承受孤独时刻的死寂，无家可归、无人可挂的悲凉，也得试着把爱情当作一场虚妄的华美想象。

是的。在流浪者眼中，爱情只能想象，而不能与某个让自己心动的人相守。

而我太眷恋滚滚红尘，因而只能出走三个月，看看途中的风景，听听路上的故事。但这已经足够。

停靠在广西的某个小镇时，我在一家名不见经传，但临近北海

的一家客栈里住了将近一周的时间。这家客栈的老板娘大概四十多岁的样子，脸上平整而光滑，似乎找不到岁月的痕迹。然而，她那一双眼深不见底，仿佛藏着这几十年的岁月。

　　她亲自打理这家客栈，把客人当作家人对待。在闲聊的时候，住在这里的客人说起流传中的路知远的故事，说他的流浪，他的音乐，以及他的姑娘和他爱情的死亡。我一边吃着老板娘亲自做的奶酪一边津津有味地听着。

　　老板娘在柜台坐着，任由客人们在大厅里闲聊。等到人们酒足饭饱，又一哄而散，拿着相机去拍照。而我看看外面毒辣的太阳，情愿在舒适的大厅里看书写字。

　　老板娘看我拿出纸笔写字，就随口问我在写什么。

　　我回答说在写路知远的故事。她听后就笑了，她说那只是流传的故事。我问道，这么生动的故事难道不是真的吗？她闭上那双洞彻世事的眼睛，随后又睁开，语重心长地说道，真的故事是另一个版本。

　　我立即正襟危坐，准备洗耳恭听。

四

　　老板娘说话很慢。快到傍晚的时候，她才把路知远的故事全部讲完。讲完之后，我们沉默了很久。

　　有一天，老板娘正核算账目，看到一位身形枯槁的男子走进来。他头发干枯、杂乱，背上背着一把木质吉他。他身后站着一个瘦小的女孩儿，脸色苍白，病容明显。老板娘问他有什么需求，他答非所问，说他没有钱住客栈，但女朋友又病得厉害，他可不可以每天晚上给客人唱歌，以此当作住宿的费用。

老板娘犹豫一会儿，最终答应了他的请求。她给他们安排了一件干净宽敞的客房，并没有因他们没有钱而减少相应的服务。

那段时间，他每天傍晚都在客栈外面的小院里唱歌。人们或站着或坐着围在他身边，在他凄咽的歌声里消磨时间。

后来人们知道了他的名字叫路知远，而趴在窗口听他唱歌的虚弱女人叫汤安。他们不是人们所传的那样是私奔出来的青梅竹马。他们的相遇，是在路知远流浪的路上。

在路上，他时时忍受着孤独不怀好意的侵犯。受到侵犯时，他能做的便是拿出吉他唱歌。他所唱的歌多半都是情歌，可是越唱反而越觉得寂寞。

有一天晚上，他坐在沙滩上唱着耳熟能详的老歌。海浪涌来又折回，有时会漫过他的脚背。月光在海水中翻滚，反射到他的眼睛里倒成了两行清泪。歌声也蘸了泪的咸味，仿佛是一种空洞的回响。

他并不知道，在他的身后坐着一位姑娘。她在他的歌声中，感受到了难以言表的震撼。虽然，她并不知道那首歌的名字，对眼前这个人也一无所知。

她站起来轻轻地向前挪动，慢慢地在他身旁坐下。他的泪痕被月光照得格外亮，他看看身边的陌生女孩儿，没有停下弹唱。

在月光的见证下，她缓缓地贴近他，把双唇封印在他的唇上。

那一刻，吉他旋律戛然而止。代而取之的是，心跳的撞击声。

第二天，他们没有任何犹豫，她就跟着他走了，他就带着她走了，好像一切都那么顺理成章。他们都不知道下一站在哪里，他们也不知道等待他们的是怎样的未来。

五

两个人不比一个人生活，就跟恋爱和结婚从来不是一回事儿一样。

路知远一个人流浪时，可以在随便一个地方将就一晚上，而带着汤安同行，晚上就得住客栈。没钱的时候，他只能重新走到人群中，以卖唱的方式赚取生活费。有时，他也在嘈杂的酒吧驻唱，但那里从来就没有人认真听他唱歌。

他渐渐感觉到，这是对自由的捆绑，对音乐的侮辱。纵然，汤安的出现，让他真切感受到了爱情，让他狠狠赶走了寂寞，但当他为赚取微薄的生活费而唱歌时，他比任何时候都难过。

汤安并不是不知趣的女孩儿，看着路知远的神色渐渐暗淡下去，也知道自己当初不该任性跟他一起走。更糟糕的是，他们一天只吃两餐果腹，她的身体渐渐吃不消。本以为忍忍就可以过去，却不料病症越来越重，以至于最后走路都成问题。

他们两人的最后一站就是这家客栈。路知远依旧以卖唱换住宿费，唱歌之余则照顾汤安的起居。

那一天的傍晚，他在客栈的小院里又唱起他们第一次遇见时的那首老歌。声音里没有那时饱满深情，更多的是一种惆怅和无奈。她趴在窗子上，看着他唱歌的背影，终于做出了那个决定。

六

那一晚，客人沉醉在路知远的歌声里，一次次要求他再唱一首。

等路知远回到他们所住的屋子里时，已是十一点。他在月光的帮助下，看到汤安的脸格外平和，就像是他第一次见她时那样。

他走上前去轻轻吻她，但嘴唇碰到她脸颊时，却感到前所未有的冰凉。那是一种没有生命迹象的冰凉。他发疯地掀开被子，看到她的手腕上是触目惊心的红，是红罂粟般的红。

那时，他才看到枕边放着一张字条。他看到上面写着：请把我的骨灰撒向大海。

他从浴室里接了一大盆热水，把干净的白毛巾浸湿，耐心地帮她擦拭手腕。清水渐渐转红，就像生命在水里终将化为乌有。擦干净手腕后，他又脱下她的衣服，擦拭她的身体。除了唱歌，他从来没有这么耐心地做过一件事。

他什么都不想，只是为她做最后的事情，让她走得安心。他为她换上她生前最喜欢的那条薄荷绿裙子，并把换下来的衣服以及染红的床单拿到卫生间里去洗。

一切都收拾好后，他便像往常那样躺到她身边，把手搭在她的手上。

像是过了一个世纪那样长，天终于亮了。

他起身梳洗，然后走到前台问老板娘，附近哪里有火葬场。正在核算账目的老板娘吃了一惊，问他是什么时候的事情。他说是昨天晚上。老板娘开客栈以来，遇见太多的事和太多的人，却是第一次经历死亡。

她随他走进房间，看到她的脸上那么平和，才稍稍觉得安慰。

"她不想连累我，所以先走了。"他终于哭出声来，眼泪和鼻涕全都糊在脸上。老板娘站在他背后，轻轻拍打他耸动的后背。

七

老板娘托人将去世的汤安抬到最近的火葬场。路知远从始至终都没有说一句话，但他的肩膀上永远都有那把吉他。

工作人员将汤安推进去的时候，路知远拿起吉他开始唱歌。那一首歌正是他和汤安第一次见面时唱的歌。这首歌，也终究成了他们的最后一首歌。

路知远小心翼翼地抱着汤安的骨灰，和老板娘一起走到北海海边。他打开骨灰盒子，准备按照汤安的嘱托将她的骨灰扬在海中。但忽然之间，他收了手。老板娘看着他重新把盖子盖上，用一放手帕把盒子包起来，小心翼翼地放到背包里。

老板娘并没有说什么，只是安静地看着他做那些事情。她想，或许他不想让她孤单地在海里游弋，他想永远陪着她。

回到客栈，收拾好所有的衣物之后，路知远向老板娘深深地鞠躬，向她道谢。

他背着汤安的骨灰盒和自己的吉他走了，所去的地方都是有海的地方，所唱的歌都是有关思念的歌。每隔一段时间，他会给老板娘寄一张明信片，上面只写歌词，不写其他。

八

听完老板娘所讲的故事，我也分不清这个版本是真是假。或许，真正的故事只有那个流浪的路知远知道。

第二天我就离开了那家客栈。老板娘问我下一站去哪里。我想了想说道："应该是去任何一个有海的地方。"

或许，在那里我会遇见一个弹吉他的落拓歌者，对着波澜起伏的海水轻轻唱出愧疚和思念。

我不孤独，因有影子相伴

一

4月29日，林如心从尼泊尔乘坐南航航班返回中国。刚走出飞机，她便看到亲人和朋友齐齐走上前来，握住她的手，紧紧围住她，把她拥到怀里。

每一个人都流下眼泪。但是，没有人比林如心受到的创伤更大。

在走出机场到乘坐出租车的路上，林如心看到曹方的父母站在机场大厅里，紧紧盯着出舱口。本来已经停止的眼泪，再一次奔涌而来，涨满林如心的眼睛。

她放开自己父母的手，朝着曹方父母走去。曹方父母看到林如心，脸上顷刻之间出现一阵欣喜之色，但看清楚是她一个人，便立即捂住双眼，无论如何不相信已经发生的事实。

在那样的情境之下，任何语言都苍白无力，只有眼泪带着灼热的温度，成为情绪唯一的表达。林如心泣不成声，双腿不听使唤地跪下去。

她多么希望，可以忽然醒来，说上一句，吓死了，幸好这是梦。然后翻个身躺一会儿，穿上衣服洗脸刷牙吃早餐，开始新的一天，有曹方存在的一天。

可是，曹方已经永远回不来。

林如心的父母理解丧子的疼痛，况且逝去的人将要成为女儿的丈夫，将要成为他们的女婿。他们走上前去把跪在地上的林如心拖起来，并极力挽着曹方的父母试图往回走。

"我们要在这里等他，说不定他就在下一班飞机上。"遇到这样的事情，所有的父母都会变成唯心主义。

等林如心和父母离开后，曹方的父母还站在原来的地方，流着眼泪盯着出舱口。这已经是他们等待的第四天，晕倒过数次，却仍固执地等下去。或许，这是他们余生要做的唯一的事情。

二

林如心坐在出租车里，看着玻璃窗外整齐地高耸着的建筑物，脑中又涌现尼泊尔加德满都广场上那片如世界末日一般的废墟与尘土。

所有的情景都历历在目，沉甸甸地堆砌在她心里，让她有窒息的错觉。可是，她清楚地知道自己还活着，还能看到明天升起的太阳。而这一切都是由曹方用自己的生命换来的。

她第一次感到，世间所有的事情在死亡面前，竟是如此微不足道。而人的生命，竟可随时失去应有的尊严。

三

清晰的记忆，是最可怕的东西。直截了当地忘记，是我们从未做成的事。而嘘寒问暖与加倍关怀，反倒加重悲伤的分量。

林如心的父母经历过2008年的汶川大地震，尝到过丧失亲人的锥心蚀骨般的疼痛，深知愈是有人安慰愈是觉得难过的道理，因而他们只是做了简单的饭菜，端到林如心的房间，而后轻轻退出去，为她关好房门。

林如心躺在软和的大床上，怔怔地盯着天花板。过了好一会儿，她闭上双眼，眼泪便从眼角挤出流到鬓角。

原本，她和曹方返程的航班是5月1日。他们的婚礼，要在5月10日举行。这趟从北京到西藏，后又飞尼泊尔的行程，是他们的蜜月之旅。

按照惯例，蜜月之旅应在婚礼之后，但因曹方在5月10日之后要代表公司参加一项竞标，需要长时间加班，他们便把旅行安排在了婚礼之前。

如今回想起来，仿佛一切都是命运的安排，所有发生的事情都是注定。

在选择蜜月旅行之地时，曹方提出去各个海岛，比如爱琴海，马尔代夫，苏梅岛，塞班岛。而林如心是一个不折不扣的文艺女青年，她并不想像肤浅的女人那样，在沙滩上穿着比基尼摆拍。她想和最爱的人去离天空最近的地方，接受心灵的洗礼；去神的国度，呼唤最纯真的自我。

因而，她否决了未婚夫的建议，而把蜜月旅行地定在西藏和尼泊尔。

为此，他们两个有过激烈的争吵。对于争吵这件事，他们已经习以为常。从大二开始恋爱，直至今日已经整整七年。在这七年之中，他们做得最多的事情便是双方的争吵和一方的妥协。争吵多半由林如心挑起，妥协往往由曹方去做。

蜜月地的选择也是一样。曹方多次说海岛是最适合蜜月的地方，安静、浪漫，而西藏和尼泊尔适合一个人去感悟。本是有理有据地做出建议，却点燃了争吵的导火线。在争吵中，林如心用"不听我的就不结婚"威胁曹方，曹方只得退让。

最终，他们做好攻略，收拾好行李，坐上去西藏的航班。在西藏游玩五天之后，他们又坐上去尼泊尔的航班。抵达尼泊尔时，已是4月24日深夜。

林如心兴奋异常，难以入眠。而曹方深觉劳累，顾不得脱下衣服便酣然入睡。

四

清晨的加德满都，格外宁静。只有几个不贪睡的游人，坐在杜巴广场上看年代久远的老皇宫。这几个人当中，有穿着当地服饰的林如心。

天还未亮的时候，她就穿上衣服走出酒店。在离开之前，她给正在熟睡的曹方留了一张字条，告诉他她去了加德满都的杜巴广场，让他醒来后去那里找她。

阳光逐渐强烈，游人的影子逐渐缩短。林如心游荡在杜巴广场附近，拿着相机随意拍摄能给她触动之感的景物以及当地有着清澈瞳孔的孩子。她一个人去了老皇宫，去了加萨满达庙，还去了玛珠庙。在她心中，每一尊佛像都是那么庄严，那么慈悲。虔诚的旅人

与当地的民众，沐浴在神圣的佛光中，觉得世间的一切都是温柔的馈赠。那些积聚在内心深处的烦忧，仿佛已经在某个不经意的时刻被清除干净。

然而，林如心觉得烦忧是否能彻底消除，除却慈悲之佛的指引，也在于自己是否能舍得放下某些执念。固执的人，往往在一些微不足道的事情上较劲，最终落得因小失大的结局。

林如心就是这样一个人。她比任何人都了解自己，也曾想过要把这些偏执的念想统统抛弃，多次努力却无果。因而，她只得任其自生自灭。幸运的是，无论她怎样任性，怎样胡闹，怎样耍赖，曹方始终站在离她最近的地方。

五

或许是旅途太劳累，直到中午时分曹方还未出现在杜巴广场上。林如心说是在逛景点，沐浴神圣的佛光，但她心里一直惦记着曹方，担心他找不到自己。

所以，她匆匆地在景区内转一圈便重新走到广场上，然后在广场中搜寻曹方的身影。如若找不到，她便再走进某一个庙宇中，然后隔一小段时间再出来。如此反复，林如心终于动气。

景区不乏出双入对的情侣，不时请林如心为他们拍摄合影。林如心耐着性子，为那些秀恩爱的情侣定格相爱的瞬间。接近中午，她心中郁积的气愤终于达到饱和，只等曹方出现的那一刻咆哮喷发。于是，她干脆从庙宇中走出来，坐到杜巴广场上，专心致志地等着曹方到来。

十一点二十分，拥挤的人群中没有曹方的影子。十一点三十分依旧没有。十一点四十五分，一切一如既往。十二点零四分，曹方终于穿戴整齐穿过人群走到林如心面前。

睡饱后的曹方，神采奕奕，胡子刚刮过，脸上因为抹了少许防晒霜而显得格外白皙。他耐心地询问林如心上午看到的景色和心情。然而，林如心一言不发，只是狠狠地瞪着他，而后忽然掉转头向人群外走去。曹方知道她是嫌自己来得太迟，便急忙追上去解释迟到的原因。

林如心并没有给他解释的机会，脚步越来越快，最后在人群稀少的地方奔跑起来。曹方毕竟是男人，跑起来比她快一些，所以他追上她，抓住她的胳膊，把她拉近离他们最近的一家小餐厅。

争吵不可避免地席卷而来。当然，这对他们漫长的吵架生涯而言，算不了什么。

女人吵架从来没有逻辑而言，林如心没有问曹方为什么来得这么晚，也没有问他为什么不给蜜月制造一个美好的回忆，而是冷不防地问道："你到底爱不爱我？"

"你到底爱不爱我？"

这是女人吵架时必问的永恒的问题。男人们被问过无数次，却依旧想不到最完美的答案。如果回答爱，在气头上的女人一定会说男人说谎。如果回答不爱，结果自然可想而知。如果投机取巧，回答得模棱两可，女人则一定会说男人没有正面回答问题，那么肯定是不爱，既然已经不爱，那又何必纠缠下去。后果自然是又哭又闹没完没了。

接近两个小时的时间，林如心一直在"你到底爱不爱我"的问题上大做文章。相对于以前那些激烈得如火山喷发的争吵而言，这一次的情况并不算什么。甚至，这次争吵在以后的回忆中根本排不上号。

倒是曹方像从前那样，好言相劝，做出各种稀奇古怪的表情与肢体动作逗她笑，间接告诉她，他一直爱她，而且会把他们的爱情延续到婚后。

林如心听惯了这种陈词滥调，依旧板着脸。在那一天，她始终没有笑。而这成了她一生当中对后悔的事情。

六

大概是下午两点四十分，他们感到大地剧烈晃动，小餐厅里的桌椅都开始移动位置，窗外的人群一哄而散，出现前所未有的惊慌。

林如心下意识地去抓曹方的手，但变故之迅猛，已不是她所能掌控的。餐厅内的人在潜意识的指使下涌向门口，林如心已经慌了神，脚步不听使唤。她只觉得背后有一股强大的力量推着她向前走，在她被人拖着从窗口处跳出的时刻，她听到背后一声巨响，餐厅所在的那一排房屋全部坍塌成废墟。

那不过是两三秒钟发生的事情。但是眼前的世界已经发生天翻地覆的变化。

曹方！

林如心忽然感到曹方还未出现，也在瞬间明白身后那股强大的力量来自于谁。她发疯地跑到那堆废墟中，试图用手刨出被深埋的曹方。但余震可能随时发生，幸存的人们把林如心强行拖到相对空旷的安全地带。

加德满都已经不是原来的加德满都，林如心也不是原来的林如心。

在前一刻，她还在曹方到底爱不爱她的问题上大做文章，而此刻曹方已经用生命证明，他比她想象中还要爱她。但是，他已经去了另一个她触摸不到的国度。

七

林如心躺在床上，床单早已被眼泪浸湿。

上天终于给她的任性做出了惩罚，只是这种方式也未免太过残忍。

她渐渐睡了。在睡梦中，她又回到满是废墟的尼泊尔。她长时间地站在部分坍塌的杜巴广场上，心中有预感曹方会回来。

果然，在她转身的时刻，她看到曹方就在不远处面向她站着。她想奔跑过去，扑进他的怀中，却无论如何也无法挪动脚步。于是，她只好与曹方隔着一段不远不近的距离。那种情形，像是离别前夕。

她哭着问曹方什么时候回来，曹方没有回答，只是说自己有一个心愿要她完成。她问他那是什么心愿，她一定会完成。他说道："答应我，你要好好地活着。不要觉得孤单，因为我的影子会一直陪伴你。"

说完之后，林如心忽然醒来。她大声叫着："不要走，不要走……"

她终于声嘶力竭地哭出来，而不是默默地流泪。她终于接受了这一既定的事实，她要一个人好好地活下去。

父母在屋外听到她的哭声，只是跟着流泪，并没有推门进去安慰她。他们知道，她总要独自度过这个艰难的时期。

林如心慢慢地走下床，默默地坐到桌前，拿起筷子吃起已经凉却的饭菜。

微弱的阳光照进来，她转身看到自己身后的影子。

"是你吗，曹方？"她轻轻地说道。

以自己
喜欢的方式
虚度时光

从前的日色变得慢
车、马、邮件都慢
一生只够爱一个人
从前的锁也好看
钥匙精美有样子
你锁了，人家就懂了

——刘胡轶《从前慢》

唯有一人爱你虔诚的灵魂

一

娄素素是一家并不出名的出版社的编辑，终日埋在别人写出的稿件中，为他人修改标点符号，理顺语句不通的句子。碰到脾气大的作者，难免会因改动太多而被骂。但是如果不修改，将稿子交到主编那里，又会因未认真工作而被骂。

不管怎样，她总是会被骂得一无是处，一肚子的委屈不知如何发泄。

在为他人作嫁衣裳时，她时常会在心里嘀咕，文章没有主题，错字一大堆，标点符号不规范，就这水平真跟自己没办法比。

确实如此。娄素素之所以挤破脑袋踏入出版社，就是因为自己肚子里也有点儿墨水，倒出来后也能写成一篇又一篇文章。虽说她自己写出的文章至今未能印成铅字，装订成书，但至少能感动那些读到这些文章的人。

下班后，娄素素从那些不知所云的稿件中抽身而出，回到自己租住的小窝，做一点儿简单的饭。吃完后就趴在自己用一沓沓书搭建而成的简易书桌上，写自己的文章。这些文章通常都是日常生活中的人事，街边的流浪猫，地铁里拉二胡的乞讨者，办公室里成天嚼舌根的中年妇女，以及偶尔去旅行时在火车上遇到的背着画架的画家。这些人的故事，都会在她的笔下变得富有生命力。

她每天写一篇文章，字数并不长，大概维持在两三千字，写完后就放在自己的豆瓣上。一开始的时候，几乎没有人她的豆瓣上留下看过的脚印。她虽然觉得沮丧，但并不灰心，毕竟这是自己喜欢做的事情，完全可把写文章这件事当成自娱自乐，而不是带着极强的功利性和目的性去做。

娄素素就是这样一个人，从不会将自己逼到墙角，以求绝处逢生。她给自己足够大的天地和舞台，快乐地做着热爱的事情。

二

娄素素豆瓣上的文章，出现的第一条评论，是在她接连发表后的第六十八天。日子长是长了些，但至少有人呼应，总比那些静默的死水好得多。

然而，当她点开那条评论后，她瞬间愣住。那很长很长的一串评论文字，不是赞美，不是鼓励，不是平淡的读后感，而是淋漓尽致的骂声。那个人说她的文章，缺乏内涵，立意太普通，没有自己的文字风格，纯属矫揉造作。这比在出版社里碰到的任何一位作者，以及那位上了年纪的主编骂得都要狠。

她忍着内心的怒气，仔细看了看那个人的头像，是正在杀怪兽的奥特曼。她又看了看那个人的昵称，叫"轻舟过万山"。她点开回复框，足足写了十几行回骂，从说他的头像幼稚，到他的昵称做作，再到他对自己文章的恶意诽谤。回复框里的每一个字都带着尖

锐的锋芒，像是要把心中的恶气全部吐露出来才甘心。

但是，到最后她又按下"取消键"，将那些文字一行行删除。

娄素素想，何必较真。一条狗咬了你一口，总不能硬着头皮咬回去。有时候，置之不理是对那些恶人最好的惩罚。

三

第二天，她发现文章后面又有"轻舟过万山"的骂声。娄素素虽然气得浑身发抖，仍然拒绝回复任何一个字。

第三天，骂声依旧。娄素素视而不见，写新的文章。

第四天，比任何一天都热闹。在"轻舟过万山"不间断的骂声后面，跟随着好多人的评论。这些评论有附和骂声的，也有反驳的，更有一些纯粹是来看热闹的。她的豆瓣俨然变成了一个马戏团，有小丑，也有挥鞭戏小丑的人，还有一些路人赔上自己的时间来看笑话。

娄素素想一一回复，却怕越描越黑，只得气鼓鼓作罢。

有些事情，只能任其自然发展。越是把它看得重，它就真的重如泰山。如果把它放在视线之外的角落里，它也就真的轻如鸿毛。娄素素本想就这样对那些附在她文章后面的评论不闻不管，安安静静地继续写她生活中不值一提的小事。但当谩骂与维护这场闹剧愈演愈烈时，她终于忍不住要站出来大吼一声。

她的确这样做了。在一个她看着那些评论写不出一个字，心中灌满怒气的晚上，她终于在"轻舟过万山"所写的评论下面将自己已经憋很久的话一字不漏地写出来，并毫不犹豫地点击"确认键"。

其后果，在她的预料之中。"轻舟过万山"立即回复以更加猛烈的批评与指责，而且这些质疑声已不仅仅针对文章，而是针对娄素素本人。他说娄素素这个人肯定长得很丑，个子不高，头发稀少，皮肤黝黑，生活懒散，坏习惯居多，好习惯没有。娄素素按捺不住心中的怒火，不顾自己形象，直接给予更加辛辣的回复。

那一天，他们的笔仗一直打到凌晨，旁观者甚多，都看得津津有味。早已经忘了是谁先喊停，但娄素素记得笔仗结束后，堆积在她心中的对生活的不满情绪，一扫而光。她没有倒头就睡，而是继续写还未写完的文章。

那一篇文章，她写得格外流畅，没有刻意措辞，没有搜肠刮肚找故事，也没有去揣摩他人的喜怒哀乐，去写他人的故事。她写的是自己，是自己二十多年来的成长历程，是一直储存在自己心中，却羞于说出口的梦想，是自己对周遭世界的感悟。

写完之后，娄素素像是发现另一个世界一样，觉得周围的一切都有新鲜的律动感。

四

在以后的每一天，娄素素都会下意识地去看"轻舟过万山"的评论，虽然她知道他的评论无非就是不分青红皂白的指指点点。但是，她渐渐发现，这些指指点点恰好是她文章存在的漏洞。她把他的指责全盘接受，并加以消化吸收，写出来的文章竟比以前的更有体系，有条理，也更有感情，而不是一味用华丽的辞藻来营造矫情的氛围。

　　她开始感激这个说话恶毒的人，但嘴上却从不服软，依旧在自己的豆瓣上和他打着口水仗。他偏偏也是个处处不吃一点儿亏的人，只要有人在嘴上占了他的便宜，他便要让对方十倍奉还。因而，这两个人每天都会在豆瓣上相见，且你来我往打很长时间的笔仗，以此来较量各自笔下的锋芒，并借以打发时间，娱乐自己。

五

　　时间就这样在口水仗中水深火热地过着，谁也不让步，谁也不服输。他说她每天写的都是废话，她说他每天无所事事。

　　当娄素素已经习惯与他打笔仗时，他却在某一天中断了这个游戏。当他第一天没有出现时，娄素素安慰自己，他不过在处理紧急的事情。当他第二天也没有出现时，她预料到或许第三天他也不会出现。第三天，他确实没有出现。接下来很长的一段时间，他都没有出现。

　　她依旧写文章，有关自己，有关路人。评论越来越多，且都是鼓励与赞扬。她却觉得前所未有的寂寞。她觉得没有了"轻舟过万山"的质疑与指责，她每天写出的文章都是一个论调。她找不到突破口，也找不到爆发点，她只能这样无关痛痒地写下去，像是例行公事一样。

　　更令她生气的是，她发现自己竟然在想念他。这份想念，不仅与他自以为是的谩骂有关，更与他本人有关。

　　是的。在这段他无故失踪了的时间里，娄素素不得不承认，她喜欢上了这个伶牙俐齿的人。他们是彼此的回收站，潜意识中那些不愿意暴露给这个世界的黑暗面，全都毫无保留地砸给了对方。

这是他们各自的幸运，也是各自的不幸。但对于娄素素来说，她是那样欢喜，世间竟然真的存在这样一个可以接纳自己黑暗面的人。

所以，她要在豆瓣上接着写文章。既然可以在豆瓣上初遇，那么就可以在豆瓣上重逢。

六

娄素素从来都不知道，他其实是身边最熟悉的人。

当然，他也舍不得离开太久。

觉得时机成熟时，他就又出现在娄素素的豆瓣评论里。只不过，这一次，他没有挑刺，而是在文章下面问道，为什么他不在的这一段时期，她的文章反而带着忧郁的调子。

她回答得驴唇不对马嘴："我们见面吧。"在看到他答应之后，她在电脑面前笑得掉出眼泪。

七

见面那天，娄素素并没有刻意打扮。既然已经在他面前暴露过最邋遢，最八婆的样子，又何必用脂粉来掩盖脸上真实的表情。况且，走在街上，她获得回头率并不比任何人少。

当她带着刻意放松的神色来到约定的地点时，却看到她指定的位子上坐着自幼便熟识的男生。她不可思议地喊出他的名字："钟沉香！"

"是我。"他一副认真而得意的样子。

"'轻舟过万山'真的是你？"娄素素已经确信就是眼前这个人，但还是问出来。

"是我。"钟沉香脸上又多一份深情。

娄素素把背包扔在座位里，不顾众人侧目，结结实实地给了钟沉香一拳，就像她从小到大做的那样，自然且熟练。

一顿饭的时间，他们依旧针尖对麦芒，相互数落对方的缺点和短处。但是，她明白他在豆瓣那样做，是为她带来更多的读者，也为了让她注意到自己的存在与重要性。在两人相处的二十多年中，他一直被她忽略。而他想让她知道，他既要做她忠诚的读者，还要做她不离不弃的伴侣。更重要的是，他除了爱她那如花容貌，更爱她那颗追求梦想的虔诚的灵魂。

因而，他心甘情愿地让身旁那些优秀的女子成为他人生中的过客，只一心一意追逐娄素素的脚步，将自己的生命嫁接到她的生命中。

最终，他们都如愿以偿。

娄素素拿着一摞自己的文章，打动了出版社的主编，而钟沉香和她一起逛街遇到朋友时，总会这样自豪地介绍她："这是我的女朋友。"

任性地做一次逃跑者

一

丁雨薇是我们这一群姐妹当中最不安分的一个人。

她本是一家知名报纸的编辑，本可安安静静地坐在开着冷气的办公室里敲键盘，轻轻松松地拿固定的工资，就算是生活享受比不上那些开着豪车，住着豪宅的富二代，至少也是吃穿无忧，让人羡慕。

但是，她偏偏以编辑的身份去干记者的活。炎夏的正午，当单位所有人都在有空调的屋子里边吃饭边聊明星八卦时，她则扛着笨重的摄像机跑到三里屯的街上，报道一起连环撞车事件。午后三四点，同事们正无聊地浏览网页，看到丁雨薇拖着疲惫的身子回来，则又立即强打起精神，凑到她面前，给她端茶倒水，向她嘘寒问暖，其目的不过是想从她那里得到报道消息。

丁雨薇早已忘记午饭还未吃，打开电脑开始写报道。写好之后，她又编辑校对这篇报道有无硬性错误。待一切无误之后，她便把文档打印出来，呈交给部门领导。

然而，领导最大的本领便是从鸡蛋里挑出骨头。不过五分钟的时间，丁雨薇便被叫进领导的办公室，被告知她所写的那篇报道并

无特别之处，而且写报道所用的手法也太过时，不够吸人眼球。

丁雨薇知道，一下午的辛劳又化为粉末。

然而，第二天印出的报纸上，她写的报道却占据新闻版的头条，而署名却是和领导有着暧昧关系的同事名字。

这样的事情，一而再再而三地发生。丁雨薇一次次地闯进领导的办公室，却总能被领导无厘头的理由给驳回去。而下一次她又嗅到新闻的气味时，她还是能不顾一切地去现场挖掘不一样的资讯。

每次我们一群姐妹为她打抱不平，她总是说："谁让我喜欢记者这个职业。"

更确切地说，她喜欢每一次冒险。

二

每个月，她所在的单位开一次选题会，所有的人都要参加。在选题会上，同事们提交的选题要么与当下混乱的娱乐圈有关，要么与富二代或官二代有关。而丁雨薇提交的选题，总是与人性关怀有关，比如贫困山区的教育问题，重点古城的保护问题，墨脱、雅鲁藏布江等地的地势问题。

选题会上，领导很快给其他同事布置了相关任务。接到任务的同事，欢喜地回到自己的工位上。最终，会议间只剩下领导和丁雨薇两个人。

领导清一清嗓子，对丁雨薇说她提出的选题太大太难操作，即便花费精力做出来，也没有多少受众群，报纸的销量必然会受到影响。

领导说到这里时顿一顿，而丁雨薇已经知道自己会接到女性化妆品，或是当季流行的露脐装选题。如若她拒绝，那就只能去做编辑的工作，检查一篇篇文章的标点符号、错别字以及语法不通问题。所以，她只能接住领导抛下来的选题，而在私底下找自己所提选题的资料。

在同事眼中，丁雨薇就是一个过分固执的疯子。

三

昨天晚上，看完一部恐怖电影，正好接近凌晨。电话铃声猛地响起，把我吓出一身冷汗。

看到来电显示是丁雨薇的号码，我按下接听键就一通骂。搁在平日里，她定会血淋淋地骂回来，并且不带一个脏字。但这一次，她像个哑巴一样听我说完后，笑嘻嘻地问我："亲爱的，猜猜我在哪儿？"

"你除了在家里憋着写新闻稿，还能在哪儿？"很显然，我惊魂甫定，因而嘴巴变得狠毒。如果是在以前，我一定会假装说出几个让人匪夷所思的地方。

"错。我在伦敦的广场上喂鸽子啊。"

"你以为你是梁朝伟？"

"只有梁朝伟才可以那样做吗？别忘了，我是不安分的丁雨薇。"

伦敦广场的风一定很大，所以丁雨薇几乎是吼着对我说话。她的声音，从欧洲传到亚洲，让我觉得有一种龙卷风的味道。

直到那时，我才真正意识到丁雨薇的"不安分"有怎样的魔力。她可以忍气吞声在一个地方长久地做下去，因为那里有她的梦想。她也可以随时乘坐任意一趟航班逃离这个满是淤泥的地方，只为了喂一喂鸽子，呼吸呼吸陌生城市的空气。

我在电话里让丁雨薇给我寄明信片回来，她问我想让她在明信片上写什么。我说写什么都可以，只要明信片上有伦敦的盖戳就好。她想了想说，可不可以写"专门来伦敦喂鸽子，却没有见到梁朝伟"？我听到后说，还不如干脆写"我和梁朝伟在伦敦一起喂鸽子"。说完，我们两个笑作一团。

我明白那只是她的玩笑话，明信片上的文字，肯定不会出现"梁朝伟"，不会出现"喂鸽子"，也不会出现"伦敦"字样。她写出的话，应该是最能反映彼时彼刻的心绪的话。

我没有问她什么时候回来，因为她是一朵在空中飘浮的云。她不会把自己的行踪，轻易地告诉任何人。

四

在丁雨薇离开的那些日子，同事们的情绪由兴奋转为低落，而后又转为焦急。部门的领导亦是如此。

没有人愿意在暑天的时候满大街去找新闻，没有人写得出一篇有价值有深度的新闻报道，也没有人会像丁雨薇那样认真地修改标点、检查错别字。

一个人或是一座城市的价值，是在离开的时候。这句话说得一点儿都没错。如果不是离开，丁雨薇永远都是同事们眼中的小丑。

而她真正的存在价值，就只能在人们的无视中湮没无闻。

当丁雨薇从伦敦回来，再一次走进办公室时，同事们一个接一个更加热切地向她嘘寒问暖，问她去了哪里，是不是身体不舒服，更有甚者请她去吃饭、看周杰伦的演唱会。她对人性洞若观火，知道同事的笼络是为日后进一步利用，却没有道破，反而和颜悦色地给予感谢。

然后，她拿着一封辞职信敲响领导办公室的门。领导的门并没有上锁，往常说一声"进来"便可，但那一次领导离开办公桌，殷勤地为她打开门，并吩咐一名下属员工倒来一杯热水。丁雨薇见怪不怪，不发一语地听着领导说要为她升职，让她自行去做自己感兴趣的选题，凡是她写的报道都会放在显眼的位置，且保证署上她的名字。

听完领导的话，丁雨薇正好把那杯热水喝完。领导紧张地注视着她脸上的表情变化，以为刚刚说出的条件足以笼络一个热爱记者职业的人。然而，丁雨薇偏偏不是一个能以常理判断的人。她仍旧按照愿意拿出那封辞职信，郑重地放到领导的办公桌上，请他接受并签字。

领导显然有些急了，便做出保证，凡是丁雨薇提出的条件，他都可以满足。

"谢谢您这几年的照顾，我想休息一段时间。"

"那休息过后，还会来上班吧？"领导抓住空子。

丁雨薇没有回答。领导清楚留不住丁雨薇，只好做一个顺水人情，说他可以介绍她到新华日报工作，那里有他的大学同学。丁雨薇

再三感谢，却没有接受领导的好意。

她不想再那么累。生活的味道本来就是苦涩的，她想在苦中作乐。

五

丁雨薇真的从淤泥一般的生活中逃走了。

她所有的行李，只是一个大布包。她停靠的第一站是云南。在洱海的一家客栈里，她做了一名服务员。半日打工，半日休息。薪水自然不高，但已足够支撑她游荡。休息的时间，她全都用来看山看水看人。

丁雨薇穿当地的服饰，吃当地的特色饭菜。与所有的异乡者不同，她不是来旅行的，而是把自己完完全全当成一个当地人。世界这么大，哪里都是栖身之所。身在哪里，心也就该在哪里。

丁雨薇的手机长时间关机，我没有办法主动联系她。而听到她的声音时，往往是在深夜。她的语气不再愤世嫉俗，不再气急败坏，她也不说自己生活如何，而只是告诉我，客栈里发生的有趣的故事，以及她在附近游荡时看到的迷人风景。

我问她以后怎么保持联系，她半真半假地说道："亲爱的，请让我消失得彻底一点儿。"

我像以前那样揶揄她："你以为你在演琼瑶剧，甩了霸道总裁还玩儿起消失。"

她的笑声比以前爽朗得多，应该就像云南那边清澈的夜空一样。

六

以后，丁雨薇又去了敦煌，去了青海湖，沿着青藏线去了西藏。之后，她又自西藏进入尼泊尔、柬埔寨等地，在东南亚一带过着打工与流浪相交织的日子。

从她传给我的照片来看，她变瘦了，也变黑了。但是，她的脸上多了发自肺腑的笑容。那种笑容，我知道是假装不出来的。

有一天晚上，她给我打来长途电话，对我说她已经攒够了钱，也抢到了特价机票，她要马上飞往欧洲了。

"又去伦敦喂鸽子吗？"我心里佩服她的勇气，嘴上却不饶她。

"不，是去偶遇梁朝伟。"

事实上，她没有去伦敦。

她去了土耳其，坐上热气球俯瞰为生活奔忙的整个国家；她去了希腊的圣托里尼岛，在那片把全世界的蓝色都用尽的地方痴坐了三天，读完了一本外国原著；她还去了罗马，在广场上吃着冰激凌听当年斗牛的呼喊声。她还去了捷克，站在人群中听流浪歌手一首接一首地唱歌。

她去的都是小众国家。她说人群稀少的地方，更容易听清自己的心跳，更容易把旅行命名为逃跑。

七

丁雨薇重新回到北京这座人满为患的城市，已经是两年之后。

在这两年的时间里，我一直写永远没有完结的稿件。其他姐妹

也在原来的公司里，重复做着相同的工作。还有一位大学同学，她读完研究生，又考上博士生，一直羡慕我们拥有宽广的世界，始终抱怨自己的生活太无聊太枯燥，也想迈出校门接触新鲜事物，但她从来没有勇气跳出那座围城。最终，她在博士生毕业后，又考取公务员，在事业单位做着千篇一律的工作。她从来不知道外面的世界有多精彩。

只有丁雨薇一个人，敢于公然挑衅既定的生活规则。当初任性地把琐碎糟糕的世界甩在身后，如今背着一个布包回归，身上衣衫褴褛，心中充盈饱满，色彩斑斓。

她把自己定义为一个逃兵，而我们把她视为凯旋的将军。

八

两年的时间里，我收到了来自世界各地的明信片，署名都是丁雨薇。

那些明信片上有些是随兴而起的只言片语，有时是描述一个地方的人情与风光，有时则是摘抄一段外国小诗。每一张都令我动容，因为它们是丁雨薇真切走过的痕迹，但我把这些明信片都放到了一个不常打开的盒子里。

唯有丁雨薇去伦敦喂鸽子那次寄来的明信片，被我当成了书签。每次看书时，都会看到明信片后面写的字：

做了那么多年的好战士，这一次我想做一个任性的逃兵。

你不慌张，世界就不会荒芜

一

那一晚，我睡得正熟，手机铃声猛地响起来。我嘀咕着咒骂一声，在黑暗中胡乱摸到枕边的手机，毫不犹豫地按下挂断键，然后翻个身继续睡。

然而，刚刚挂断手机铃声又响起来。心中怒气"砰"的一声就炸裂，我坐直身子，按下接听键，听筒里马上传来闺密姚米的声音。

"拜托，现在是凌晨好不好？"我没好气地说道。

她对我的抱怨已经习以为常，所以每次都有些幸灾乐祸地在深夜打来电话。因为，她远在英国，我这里的深夜，恰好是她那里的午后。午后，她应该坐在剑桥大学的图书馆里，看书，做笔记，写论文。阳光很吝啬，很少普照伦敦。倒是一团团雾气，赶也赶不走，就那样肆无忌惮地笼罩在窗外的校园里。

看书看得累了，就打一通越洋电话，告诉我她的日常生活。我们一边心疼像水一样流走的电话费，一边絮絮叨叨地聊彼此的近况和很远的未来。每次通电话，我的情绪都是由恼怒转为平和，后又转为兴奋，最后又变得依依不舍。所以，挂断电话后，我经过跌宕起伏的情绪变换，很难再入睡。而姚米应该会放下手中的论文，穿

过校园的雾气走进宿舍，枕着倾诉后的空盈渐渐睡熟。

但是，这一次她并没有像以前那样对自己的生活碎碎念，而是简单地告诉我，她决定在夏天举行毕业典礼后立即回国。

回国，这是她在和我一起谈论的未来里，所不具备的词汇。她身上永远贴着学霸的标签，初中毕业成绩是全市第一，高中毕业成绩是全省第一，大学就读于清华大学，未毕业时就已申请到剑桥大学经济学的全额奖学金。

在我们这些如蚂蚁一样存在的芸芸众生中，姚米似乎永远都站在云端，让我们望尘莫及。我曾经问她，做一个万人瞩目的学霸，是不是特别累，压力特别大。她告诉我说，她并不这样觉得，她一直都在做自己喜欢的事情，只不过现阶段她喜欢的事情，刚好是学习而已。

是的，就是这么简单。她只是想单纯地把喜欢的事情做到最好。

在我们都以为她会拿着剑桥大学的证书，进入伦敦一家金融公司，做一名人人艳羡的高级金领时，她说她要回来。

我的意识极其清醒，捧着手机问她其中的原因。她给出的原因依旧那样让人觉得匪夷所思：我想回去做点儿有意义的事，不想把时间浪费在这里，仅此而已。

二

有些人永远知道自己要什么，并不顾一切地将其付诸实践。姚米就属于这种人。

一个月之后，姚米委婉地拒绝了教授的挽留，不顾父母的反对，真的提着行李回来了。我在机场与她紧紧拥抱，她看着北京并不太明朗的天空，开玩笑地说这里比伦敦好太多。我心里依旧觉得惋惜，总想抢白她几句，因而毫不犹豫地揶揄她："为了在北京的雾霾天气中生活而放弃在伦敦金融业发展机会的人，全世界想必只有你姚米一个人。"

她倒也不恼，耐心地等我发完牢骚。而后，她不紧不慢地告诉我，北京不过是她暂时歇脚的地方，她的目的地在婺源的一个小镇。

她知道所有的人都不理解她做出的选择，包括作为她闺密的我在内。但是，这就是姚米，一个并不需要别人理解的人。自幼做学霸，得到人们认可，不过是因为这符合主流价值观念。而从伦敦逃离，隐匿到国内一个偏远山镇，违背了人们的正向思维，因而难免会受到质疑与责难。

姚米不想做伟人，她只想做一个简单透明的人。如果连这样的愿望都要遭到冷眼，她只能对所有对自己抱有非凡期待的人说声抱歉。

世界这么大，没有人能真正站在中央。唯有自己怦怦跳着的那颗心，是自己的中央。

这是姚米暂时在北京落脚的那段日子里，对我反复说起的话。

我终日穿梭在车水马龙之中，穿梭在钢筋水泥围成的办公室里，像一台由电脑操控着的机器人那样忙碌。在某个疲惫不堪的时刻，我忽然领悟了姚米那样做的意义。

三

大概两个星期之后，姚米又拖着行李坐着火车去了婺源。那时，油菜花已经开过，只有千亩梯田以葱绿的姿态迎接她的到来。

她用在伦敦做项目的钱以及父母的积蓄，在婺源的小镇里买了一座由木头搭建而成的小房子。在二手集市上，她买来木质的桌椅，一台年代久远的缝纫机，一个落满灰尘的书架，还有若干花籽，几棵树苗，以及乱七八糟的家用工作。

这就是她给我描述的家。

忙完工作后，我有时会给姚米打电话。她仍然和从前一样像老太婆般絮絮叨叨地说自己的近况，只不过现在她所说的都是她栽种在房前的花，屋后的树。至于那很远的未来，她很少提起，如果定要说说以后的事情，她只是说很近的未来。比如，明年婺源会开满油菜花。比如她养的小狗会在三个月后生一群小小狗。

我婉转地告诉她，以前的同学们都说你在做无用的事情。

她反问道："什么是有用的事情？"

我其实想说，在所有人的眼中，在最繁华的地方站住脚跟，存折里有数不清的财富才算是不被辜负的人生。但终究以沉默代替回答。

其实，我们每一个人都很清楚，都市里灯红酒绿的生活，需要付出怎样的代价。而我们宁愿在别人的视线里摸爬滚打，弄得遍体鳞伤才会罢休。

记得有人曾问我，你梦想中的生活是什么样子的？我说道："我希望老了以后在郊外拥有一间属于自己的房子，房前种满花，屋后栽满树，一到春天，各种花就忙着绽放，各种树就忙着发芽。午睡后，就拿刚采摘下来的嫩叶泡茶，养的小狗晒在太阳底下，我摊开白纸写自己喜欢的文章。出版社如果采用这些稿件，我就会收到微薄的稿费；如果给我退回稿件，我就把它们夹在爱看的书中。"

而姚米并没有在老了以后才做这些事情，她趁着年华还有青春的色泽，就把这些时间匀在以后想做的事情上。

想想也是可笑，姚米在二十五六岁的时候，过着人们六十岁梦想过的生活，而人们却在疾言厉色地指责她浪费时间去做无用的事情。

四

第二年春天，姚米给我打来电话，告诉我油菜花铺满了整个婺源，她自己种的花也都盛开了。

"如果不忙就来一趟吧，就当作旅行。"姚米说得很真诚。

北京的春天，只能在雾霾中蠢蠢欲动。在挣扎一番后，我向领导请了一个星期的假。领导虽然在请假条上签了字，但他脸上那副不可思议的表情，分明不满我在工作最忙的时候请假去旅行。我想，如果我告诉他姚米的事情，他定然会说姚米脑子有问题。

经过十几个小时的夜车，终于抵达景德镇，后又坐出租从景德镇抵达婺源。在从景德镇到婺源的路上，我看到整个婺源已经被油菜花包围。这里只流行清新剔透的黄色，姚米身上的衣服也是淡雅的黄色。她站在岔道路口，让我第一次觉得这样的她才是这个世界

不可缺少的存在。

我们慢慢朝她的小屋走去，路上偶有背着箩筐的妇女走过，姚米用当地的方言和她们友好地打招呼，并向她们介绍我是她最好的闺密。这一路的劳累，已经消失得无影无踪。

走了不算短的一段路后，她忽然指着被各种花草掩映着的一座房子，告诉我那就是她的地盘，声音里满是自豪和雀跃。我看看那座被打理得整整齐齐的房子，又看看穿着油菜花颜色衣服的姚米，真的差点流出眼泪。

她平时种花种树除草养狗，兴致来时也会用缝纫机给自己做衣服，伏在木质桌椅上写稿子、画画，有时也拿着相机拍下婺源这片地上最常见的景物。

姚米带我游玩的时候，虽然我从她的脸上知道她快乐与否，但我还是在憋很久之后问道："你觉得快乐吗？"

她笑得很大声，原以为我仍会说她不在伦敦做金融一行，简直是浪费时间。

笑声停止之后，她很认真地说道，她曾经把留在伦敦当作生活的目标，但那从来都不是她的梦想。在那一段时间里，她压力很大，头发掉得很多，每天用含铅很多的化妆品，行尸走肉一般穿梭在图书馆和教授的办公室。由于太忙，她几乎没有时间吃早餐，以至于她经常受胃疼的折磨。再加上长期坐着做研究，她的脊椎慢慢突出。

在伦敦，她有一箩筐的隐性与显性病症，但人们只是看到她表面的风光。而她为了维持这种风光，不得不咬着牙死死地坚守着。

但在毕业前夕，她觉得生命不是戏剧，不可以重演。她只想趁着手中还有大把时光，去过一直在潜意识里出没的生活。

于是，她真的就这样做了。

五

虚度光阴有什么不好？况且，如果做的都是自己喜欢的事情，又何来虚度之名。

正如梁文道所说的那样："读一些无用的书，做一些无用的事，花一些无用的时间，都是为了在一切已知之外，保留一个超越自己的机会，人生中一些很了不起的变化，就是来自这种时刻。"

六十岁时，或许我们已经没有那种过房前种花，屋后栽树的心境。也或许，那时我们已经没有了填充人生色彩的梦想。

所以，姚米从来没有后悔过。她知道，喜欢的事情，不必等到以后。

六

在我临走的那天早上，我和姚米正在吃从山里挖来的野菜做成的早餐，一个男人冒失地闯进来，手里拿着一大把不知名的野花。当他看到一个陌生的我时，便不好意思地站在原地，怔怔地看着姚米，一时不知道说什么。

我看到姚米的耳根在顷刻之间被朝霞染红，脸上是少女恋爱时才有的娇羞。

在这
善变的
世界里，
不忘初心

你是我生命中最壮丽的记忆

我会记得这年代里你做的事情

你在曾经不仅是你自己

你栽出千万花的一生，四季中径自盛放也凋零

你走出千万人群独行，往柳暗花明山穷水尽去

玫瑰色的你

让我日夜地唱吧，我深爱着你

玫瑰色的你

——张悬《玫瑰色的你》

热爱生活，纵然它劣迹斑斑

一

岑远是芸芸众生中最普通不过的一个女子。

走在人群之中，她几乎得不到任何一个人的注意。如若这种情况发生在别人身上，或许会让人懊恼，但这对于岑远而言，是一种体贴的保护。

不被人注意，就少了一些是非。不刻意靠近众人，就可以随心所欲地按照自己的生活方式活着。纵然，这种方式是消极的，沉闷的，不被人认可的。更多的时候，她就像长期见不到阳光的潮湿角落，生满了苔藓。

岑远觉得生活并无好坏之分，她也很少羡慕那些衣着光鲜亮丽、出手阔绰的人们。每个人都有自己的宿命和使命，幸福与悲伤都不能拿来比较。

她的宿命是，爱上了一个有家室的男人，暂且就把这个男人叫作K吧。岑远和K已经纠缠、束缚、捆绑、折磨长达四年之久。开始时，尚且有爱情存在，相见与相守的尘世欲望，像是心中即刻就要爆发的火山。渐渐地，彼此之间的残缺难堪被对方看见，他们都想改变彼此，用尽浑身解数，尝试各种方法，却从未见一丁点儿成效。他们都是固执的，这仅有的相似之处，或许就是当初坠入错爱的缘由。

　　她的使命是，从这段难以解脱的爱情中获得解脱。但是，有过多少次逃离，就有过多少次回头。她的心看似坚硬，却极度想要片刻温存。尽管温存过后，是如同慢慢长夜般的无尽的折磨。

二

　　把四年的记忆好好地检点一番，岑远发现这其中并不是只有无路可走的尴尬。有的时候，他也会在某个时刻忽然来到她的公寓，带来她心仪已久的布娃娃，或者只是为了给她做一顿刚从食谱上学来的菜。虽然，这种时刻少之又少，但有过总比没有过强。

　　更令人难以消受的是，这一段时间以来，他们已经很少见面。即便见面，要么是声嘶力竭的争吵，要么是令人窒息的沉默。在这一条道路上，他们已经退无可退，也已经进无可进，就如同被堵在了死胡同里，被硬生生按在原地，难以动弹。

　　在无数次失眠的夜晚，她绞尽脑汁想着从困境中逃脱出来的办法。可是，天亮之后，她又会重蹈覆辙。

　　唯一知情的闺密劝她出去散散心，总是憋在这样的生活中，迟早会闷出心理疾病来。

　　闺密替她挑选了很多适合散心的地方，去日本大阪看樱花，去美国加州一号公路自驾，去柬埔寨看看神秘微笑的吴哥窟，或者去马尔代夫体验建立在水上的屋子。但是，这些地方都没有打动岑远。岑远告诉闺密，她要去威尼斯玻璃岛。

闺密一时无言，那个地方，是岑远和纠缠了四年的K在相识第一年去的地方，也是他们唯一的一次旅行。

这样也好，故地重游。或许，熟悉的远方，会告诉岑远未知的答案。

三

岑远独自拖着行李，办理登机手续与托运行李。在候机的时候，她看到一位金色头发的女子一手牵着一个孩子，一个男孩一个女孩，两个孩子都有着洋娃娃一样的深蓝色瞳孔。大概一刻钟之后，一个皮肤白皙的男人朝她们快步走来。他先是抱起小女孩儿，在她左右脸颊上印上出声的吻，小女孩儿嬉笑着躲避，嫌他的络腮胡子扎疼了自己。而后，他又抱起小男孩儿，问他有没有让妈妈生气。最后，他深情地看着妻子，两人当着孩子们的面紧紧拥抱在一起。在这期间，岑远注意到那两个小孩子都捂着嘴看着对方偷笑。

忽然之间，岑远泪如泉涌。她已经很久没有哭过，今日再流泪，她恍惚意识到了自己想要的是什么。正在这时，广播响起，登机时间已到。岑远擦干眼泪，提着包便随着人群准备登机。

在机舱里等候多时，飞机仍不起飞。有人开始窃窃私语，也有人已经昏昏入睡。回忆起刚才在候机室里看到的那一幕，岑远联想到了她与K第一次旅行时的场景。

那一次，他们在候机时，K的手机忽然响起来。K犹豫了一下，便起身到离岑远较远的地方接电话。岑远知道是他妻子打来的，却没有拆穿。她只是不动声色地看着他，他的神情是那样毕恭毕敬，他的口气是那么温和殷勤。那个电话持续了半个小时，等他回来，正好赶上登机。他随口解释，客户总是不让人省心。她没有接他的话茬，但她知道自己的脸上没有任何表情。

不知不觉中，飞机轰鸣着起飞。岑远堵住耳朵，眼睛却看着窗外混沌的天空。

四

在密闭的空间里，岑远总想用抽烟的方式缓解内心的恐惧和压力。现在处在密闭的机舱里，岑远也有同样的想法。但是，此刻她只能选择克制，就像克制她对K的占有欲。

不能抽烟，她就频频向空姐要来冷饮，一趟一趟上厕所，并在期间翻看日记。那些日记都是写于失眠的夜晚，有的纸上有烟留下的烫痕，碎屑一般的小洞。透过纸上的字句，她忽然感到那个爱着K又恨着K，想要离开K却又离不开K的岑远，心中满是怨恨的蠹虫，这些蠹虫正一点点挖空她对生活的信心与美好想象。

没有信仰的人，总是空洞的。在遇到K之前，岑远将温暖的爱情和美丽的生活当作信仰，如今她觉得这些都是天真的异想天开和针针见血的讽刺。

纸页一张张被翻过，岑远从往事中抽离出来，却在字里行间真正看清楚了那个卑微颓废的自己。

改变很难，但此刻也只有改变这一条道路。

五

几个小时过去，阵阵睡意袭来，岑远迷迷糊糊睡了过去。然而，还未睡实，她便听到周遭的骚动声。朦胧中睁开眼，却看到邻座的人纷纷拿出救生衣。紧接着，广播响起，告诉乘客飞机遭遇气流，机长正在紧急处理，请乘客不要惊慌。

岑远感到机身先是轻微地震动了几下，然后震动加剧。在那一刻，岑远竟然异常镇定。她的心像是忽然被某种东西撬开一样，那些沉重得难以承受的乖戾之气缓缓流出，而童年时那种明亮得耀眼的希望轻轻涌进。她感到前所未有的轻松。

在飞机晃动的过程中，她对自己承诺，如果就此结束生命，那也算是一种解脱；如果得以生还，那就以新的姿态面对这个世界。

这次晃动，持续了十几秒的时间。对于其他乘客而言，这是一场未遂的灾难；但对于岑远来说，这是一场得到验证的福报与馈赠。

飞机又沿着既定航线顺利飞行时，岑远感到脸上一片冰凉。她知道，今天的两次流泪，是对新生命的一种呼唤。

六

抵达意大利时，已是深夜。来到事先预定好的旅馆，岑远和衣睡去。那一夜，她既没有中途醒来，也没有做任何梦。睁开眼，天已经大亮。

她走进浴室，将衣衫全部褪去，然后将自己泡进浴缸里。热气蒸腾，镜面早已氤氲不清。她湿漉漉的头发顺水贴在胸前的肌肤上，柔滑至极。她觉得一切都回归了，她的灵魂，她的身体，都重新归属于她。

吹干头发，吃过简单的餐点，已近中午时分。阳光明亮却不暴烈，威尼斯这座水城里到处闪烁着光斑。无论哪个季节，这里都有成群的游人。在以往，岑远定要避开这些喧嚣的场景的。但如今，她穿着干脆利落的服饰，主动挤进人群中，感受这些人身上散发出来的生活热潮。

有一对情侣客气且热情地请岑远为他们拍照，她高兴地为他们拍了很多张。不远处有一个孩子的气球炸裂，他哇的一声哭了起来。片刻之后，他又被另一个玩具逗乐。是的，他们的快乐和悲伤，总是来得急去得也急，他们身上似乎永远都具备强大的伤口愈合能力。

在威尼斯游荡的这一天，岑远感到真切的安稳与充实。不再顾虑别人的喜好，自己只是随心所欲地做自己喜欢的事情。

她想重新做回从前那个认真生活的人。

七

一个星期之后，岑远按原计划返程。

行李箱里有她带来的各种物品，除却那一本记着痛苦与挣扎的日记。

坐在飞机上，她看到天空蓝得纯粹透亮，就像自己那颗已经洗净的心。向下望，她看到万米之下不过是如蚁一般的微小生命。不必太过讨好别人，自己的悲喜别人不能感同身受。爱情的意义在于相互支撑着走向更远的远方，而不在于相互牵绊，相互磨损。

看清楚一些事情之后，改变并没有想象中那么困难。

八

岑远将行李箱中的衣服一件件拿出来，并将落了灰尘的寓所打扫干净。

午睡起来后，她拿出手机拨通了K的电话。

岑远的话简单干脆，第二天下午两点在常去的那家西餐厅见面。K听到她这种近乎命令般的冷漠口吻，自然惊诧至极，但他还是没有拒绝她的要求，只是将见面的时间改为了下午四点。

到了第二天下午，岑远像往常那样按照约定的时间早到了十分钟，而K则像往常那样迟到了十分钟。在等待的二十分钟里，岑远异常平静。看到K走进餐厅时，岑远忽然觉得他只是普普通通的一个人，与其他餐桌上的男人并没有什么分别。原来，放下一个人，是这样心如止水的感觉。

在用餐时，他依旧抱怨这道菜味淡，那道菜醋放多了一点儿。而她听完他的抱怨，不动声色地说起他们四年的相处，然后水到渠成地对他说出永远的再见。

他在沉默三秒钟后开始语无伦次地挽留、道歉，可是已经无用。女人一旦决定离开，就真的不会回头。

那一次见面之后，她彻底放下了他。删掉了一切联系方式，扔掉了一切与他有关的物件。

她投入到日常的生活中，用童真般的意念重新热爱这锈迹斑斑的生活。

像一棵植物那样沉静的爱情

一

在这个浮躁的时代中，稍有姿色，稍有条件的人们都想做歌星或是影星。一夜而红，只需露个面便可得到万人追捧，总不算是白来世间一遭，不留一点儿痕迹。

但有人却偏偏去那些行将木就的行当里找营生，得不到众人瞩目不说，还要受尽周围人们的非议，实在是得不偿失。

姜倾城就是这样一个人。她有婉转的歌喉，修长的身段，以及漂亮的脸蛋。但她并没有按照父母的要求去学音乐或是舞蹈，而是在十二三岁的年纪误打误撞中进入了一家专唱越剧的戏班。

那时，姜倾城的父母常年在外地打工，她便跟爷爷一起生活。爷爷最爱听越剧，尤其是那出著名的《西厢记》，几乎是每天吃完晚饭后都要听的。爷爷躺在藤椅上，眯着眼睛，一边听，一边吸着旱烟。姜倾城就把小板凳搬到爷爷身边，俯在上面写作业。

时间久了，她竟然记住了其中的唱词，而且会在不经意间唱出来。爷爷第一次听到后，先是惊讶，而后又变得格外伤感。他知道现在是属于年轻人的时代，但戏曲却正在渐渐随着时间的流逝而日渐式微。

但有一天当姜倾城将《西厢记》中属于旦角的唱词有声有色地全部唱出来后，爷爷忽然有一种将她送进戏班的冲动。不过，他心中还是有些顾虑，这样的做法，该怎么向她的父母交代呢？更何况，他也希望孙女长大以后可以有一份稳定的工作，而只把戏曲当作兴趣爱好就好。

事情就这样搁浅下来，他还是在傍晚听《西厢记》，而姜倾城还是一边听越剧，一边写作业。

二

不久，村长家办理丧事，请来一个专业戏班来唱三天戏。正在上课的姜倾城，听到那句"碧云天，黄花地，西风紧，北燕南飞。晓来谁染霜林醉，总是离人泪"，忽然就坐不住了。她装出肚子疼的样子，向正在上课的老师请假。得到允许之后，她奔跑着来到戏台前，扑进了爷爷的怀里。

爷爷仿佛知道她一定会来似的，脸上是难以言说的复杂神情。

戏班唱了三天，姜倾城也逃课逃了三天。三天过后，戏班拆掉简单搭起来的戏台，收拾家伙，准备离开。姜倾城忽然哭着请求爷爷让她跟他们学习唱戏。

爷爷本以为他们无论如何都不会收一个没有受过任何专业训练的孩子，于是便拉着满脸泪痕的姜倾城去见班主。班主见她哭得梨花带雨，也于心不忍，便让她随便唱两句。

她立即抹干泪痕，张口就唱"碧云天，黄花地，西风紧，北燕南飞。晓来谁染霜林醉，总是离人泪"，声调婉转而悲戚，像是真有满腹心事无处诉说，一招一式都带着越剧独有的妩媚惆怅风韵。

其他戏剧演员听到姜倾城这两句，都不由得放下手中的行李，驻足观看。当然，最震惊得要数班主，他听到姜倾城的唱词，才开始细细地端量眼前这个大概只有十二三岁的女孩儿。只见她柳叶眉，鹅蛋脸，身材修长，裤子应该才穿了一季，但看着已经短了。这女孩日后定当出落得亭亭玉立，再加上天然的一副好嗓子，以及对戏剧的一腔热爱，简直是唱戏的好材料。

班主随即决定要带她走，培养她。姜倾城欢呼雀跃，转身却看到爷爷掉下了眼泪。他不会对任何人讲，她的祖母就是因为太爱唱戏而受过太多冷眼，吃过太多苦，最终在胃癌的折磨下去世的。

命运的延续，是一件任何人都左右不了的事情。

三

姜倾城还是跟着这个专业的越剧戏班走了。按照班主的吩咐，她拜唱《西厢记》生角为师。除了不定期跟随戏班演出，她日日练习唱腔，念白，舞蹈。每次发声、吐字、过腔、收音都力求准确无误，平声、上声、去声、入声逐一修正。每一招每一式，从眼神到指尖的动作，她对自己要求都极为严格。有时练到半夜，也觉得时间不够用。

她的师傅叫周瑾蔷，不过二十出头的年纪，但因早年下过苦功夫，再加上有前辈耐心教导，很早就坐上了正旦的宝座。她虽是女儿身，脸上却独有男子的英气，描眉画脸后，便是一个俊美的男子。平日里也常穿一件白衬衫配一条卡其裤，英姿飒爽让人羡慕。

姜倾城有时是分不清师傅的性别的。在台上，周瑾蔷是个痴情的男子，每次蹙眉、每次眺望、每次发声，都是惊魂动魄的美。在台下，周瑾蔷就变成了一位严厉的老师。稍有差错，便让她重复五遍，十遍。

戏班里还有其他的学徒，但大多都贪玩，唯独姜倾城一个人在时间的磨砺下，逐渐发出微弱但足够耀人的光芒。

四

三年之后，这个戏班在越剧界已颇有名气。他们应邀参加一个戏曲节，演出的剧目就是《西厢记》。

此时，姜倾城已经十五岁，像是一朵蔷薇正在心无旁骛地盛开。她在周瑾蔷的教导下，逐渐领悟到越剧的要旨，声腔比先前更婉转柔媚，舞蹈动作也比先前更灵动缠绵。

因为这个戏班第一次参加戏曲节，所以班主很看重这次演出。他把最重要的生角和旦角，给了平时发挥最稳定也最出彩的周瑾蔷和梵佳琪。

然而，临出场前一个时辰，梵佳琪阑尾炎发作，被送进了医院。班主急出一身汗，他领导这个戏班这么多年，一向的原则是要唱就唱到极致好，要么就不唱。所以，那一刻他绞尽脑汁想着怎么婉转的向戏曲委员会交代退演的理由。

突然，正在描眉的周瑾蔷站起来说："让姜倾城演吧。在台底下，我们已经试演过很多次了。"

班主看向恭恭敬敬站在一旁的姜倾城，她的眼神里盛满跃跃欲试。他忽然想起，第一次听到她唱戏时的情景。半晌，班主终于点点头。或许，他觉得这是一场赌注，但冥冥之中他仿佛知道，他会赢。

姜倾城立即坐到梵佳琪的位子上化妆，周瑾蔷一边忙自己的事情，一边偷偷观察她。她画得很认真，很细致，脸上丝毫没有紧张情绪。画好之后，她转过头来看周瑾蔷。周瑾蔷心中不免震惊，那是一张太美艳的脸，细而长眉轻轻往上扬，一双眼像是会说出暖人心的情话来，至于那两瓣红而柔的唇，仿佛会吸干任何一个人的精魂。

这是周瑾蔷第一次觉察到姜倾城长大了，她再也不是那个怯怯的十二三岁的小丫头了。

姜倾城见师傅一直看着她，以为师傅是担心她唱不好，便做出一个拍胸脯的动作，表示自己完全有信心。然后，她起身换上旦角的服饰。

五

帷幕落下，帷幕又拉开，该是她们上场的时候了。

乐声起，灯光亮，姜倾城自幕后走到台前。台下即刻响起掌声，她深深吸一口气，甩一甩衣袖，便随着声乐的节奏唱起来。

那些唱词，那些舞袖与转身，她已经在师傅面前练习过好多遍。如今在台上演，不过换了一批观众而已。她并不知道什么是怯场。

掌声时时响起，喝彩声此起彼伏。始终站在台侧紧张观察观

众反应的班主，终于放下心来。他想，姜倾城终于变成了真正的姜倾城。

随后，周瑾蔷从布景后走出，与姜倾城饰演的崔莺莺相遇。两人一见钟情，顾目流盼，羞涩与倾慕之情表现得淋漓尽致。

一个是俊美书生，一个是娇媚小姐，偶然邂逅总要衍生出爱情。在台上，周瑾蔷就是张生，姜倾城就是崔莺莺。张生和崔莺莺相互爱慕，就是周瑾蔷与姜倾城相互爱慕。

她们都是女人，但也正是因为是女人，她们的感情才那么丰满，那么充沛，难么投入。

在台上，她们把每一次相遇，每一次被阻拦，每一次传信，每一次分离，都表现得那么逼真，以至于让人感觉到她们不是在表演，而是在展现她们的日常生活。

张生上前，崔莺莺退后；张生深情，崔莺莺不敢直面。戏中的人物在悲欢离合中又哭又笑，戏外的人物则在编造出的故事中忘记自我。

周瑾蔷与姜倾城的目光不止一次地碰撞在一起，由于这是一出戏，她们不能回避，只能像情侣那样从对方的双眼中看到对方的心里，再从对方的心里看到那个为爱痴狂的自己。

戏曲中没有牵手，更没有拥抱，但是长袖挥在一起时，或是绕着舞台追逐时，比现实中任何亲密的动作都让人神魂颠倒。

唱到分离那一幕，姜倾城竟然真的流下了眼泪。她的声音带着撕心裂肺的痛楚，让听到的人也不由得被她的情绪所带动。

在谢幕时，周瑾蔷替姜倾城拭去眼泪。

那一刻，她们都感到难以言说的异样。

六

演出非常成功，班主当着大家的面，宣布姜倾城以后饰演正旦，与周瑾蔷配合重要演出。

从此之后，她们不再是一个教，一个学。她们之间更多的是切磋与商讨，是争分夺秒排演每一句对唱，每一个舞蹈动作。

姜倾城不再叫周瑾蔷师傅，而是轻轻地唤她瑾蔷。周瑾蔷听到这个十五岁的清丽女孩儿这样唤她，想到那天在舞台上的缠绵与不舍，忽然之间意识到了什么，但又不敢深入去想。她想，或许姜倾城还小，分不清戏里戏外。等到姜倾城再长大一些，就知道有些事不可太执着。

姜倾城见师傅并不反感她叫她的名字，胆子也就变得越来越大。不排练的时候，她也要和师傅黏在一起，动作亲密，说话暧昧。周瑾蔷有时不声不响，任由她放肆。但有时也会轻轻地点醒她，告诉她生活是生活，戏曲是戏曲，不能胡乱混淆。她听到后，只稍稍安静一会儿，便又"瑾蔷，瑾蔷"地亲昵叫起来，弄得周瑾蔷哭笑不得。

戏班的名气越来越大，接到的演出越来越多，姜倾城和周瑾蔷的配合也越来越默契。每一次登台，姜倾城都会全然沉浸到戏中，她即是戏中人，戏中人即是她，相逢与分离，相思与永别，都唱得让人心碎。

许是因为太入戏，她在不知不觉中爱上了周瑾蔷。

她相信这是爱。虽然她爱上的人，是她的师傅，是一位女性。

七

姜倾城信奉"不疯魔，不成活"，如要唱得好，感情就要到位。因为感情太到位，所以她不知何时把周瑾蔷当成了永恒的恋人。

虽然姜倾城平时经常在周瑾蔷面前耍赖，讨要怜爱，但她从未真正明白地说出来。并不是怕周瑾蔷会疏远她，而是觉得当下这种一起唱戏的状态是最好的。

在她看来，戏曲是最缠绵，也是最委婉的一种文艺形式。悲欢离合，都能达到极致美。

八

两年又过去了，她们仍旧是台上最默契的搭档，台下最暧昧的朋友。

姜倾城以为这种日子会永远延续下去，但戏曲总有剧终的时候。

周瑾蔷向班主请了一周的假，回来之后便给每人发了一袋喜糖。姜倾城也收到了她的喜糖。她怔怔地问她，这是什么意思。周瑾蔷回答说，她要结婚了。

姜倾城继续问："他爱你吗？"

"我们相爱。"周瑾蔷回答得很简单，但并不敢看姜倾城。

最终，姜倾城擦干眼泪，问周瑾蔷可不可以最后唱一次《西厢记》。周瑾蔷点点头。

九

就这样，她们用一个小时的时间，在戏中完成了偶遇，倾心，受阻，分离。

　　周瑾蔷结婚后退出了戏班，做了全职太太。姜倾城则留了下来。她要继续用自己的万种风情，在戏中活出荡气回肠的生命。

　　至于她们之间那未曾道破的爱情，始终以一棵植物的姿态，沉静地发芽，又沉静地消亡。

摘下面具轻轻亲吻你

一

窦海城与奚之陌再相见时，时间已经过去了十五年。

在这十五年间，他们没有任何联系。

开始时，窦海城尚且想念她，但随着时间的流逝，小学同桌时的记忆慢慢覆上了灰尘。

他没有履行分别时两人的约定，所以没有给她打过一个电话，也没有寄去一封信。

或许，从心理上而言，他觉得她是自己向往的美丽新世界，那个世界远远超出他所在的真实世界。他不甘于自己家庭的贫困窘迫，因而一心一意想要突破围墙，去她所在的世界。但他深知自己无能为力，所以只是偷偷将她当成一个梦境。

二

再相见时，是在公司整合之后的第一次的部门会议上。

当她以部门总监的身份走进会议室时，窦海城只觉得这个人极其熟悉，却一时想不起在哪里见过。等她坐到总监的位置上，开口介绍自己时，他才惊讶地抬起头。很多年前那些似乎已经模糊的记忆，又清晰地拼凑成画面，像电影那样一幕幕放映出来。

　　而奚之陌自顾自地说下一个月以及下一个季度的工作计划，丝毫没有注意到窦海城。

　　她说完自己的计划后，已经超出下班时间一个小时，但是没有人敢打断思路清晰，把计划做得井井有条的新总监。

　　继而，她开始给三个经理分配任务。

　　在叫到窦海城的名字时，她忽然停顿了一下。窦海城知道她也想起了自己，低着头回她的话。在其他人还未反应过来出现了什么状况时，她又不动声色地给窦海城分配任务。在职场打拼惯了，这一点儿涵养功夫，她还是有的。

　　散会后，奚之陌拿着厚厚的文件夹走出会议室，其他人也陆续跟着走出。唯有窦海城一个人，坐在原位，任脑中无休止地回荡着她走路时踩出的高跟鞋声，铿锵凌厉。

三

　　公司业绩呈下滑趋势，不得不进行裁员整改，调整部门划分，引进优秀人才。因而，原本是策划部总监的窦海城，被降职为营业部的小经理。而营业部总监，则是公司引进的优秀人才奚之陌。

　　王菲有一首歌中这样唱道："有生之年，狭路相逢，终不能幸免。"

　　降职已经让窦海城伤透脑筋，况且薪水也被扣掉多半。更让窦海城觉得难堪的是，直属上司竟是小学时的同桌，自己偷偷暗恋过的邻家女孩儿。

来到北京这座城市后，他一直不愿回忆那个贫困的山村，甚至不曾向现在的女朋友提起过自己的家乡。

而奚之陌的出现，使他不由自主地想起了那段似乎失真的岁月。

他惊奇地发现，原来他一点儿也没有忘记过去的事情。他也清楚，惊人的记忆力背后，是他不敢回首又忍不住回首的矛盾心理，是他想在有她的梦境里徜徉的迫切愿望。

四

时间倒回到小学三年级。小山村的平静忽然被打破，他背着书包放学回家时，看到一辆轿车停在他家隔壁门前，一个穿着公主装的女孩儿从车上走下来。

他先看到她伸出轿车的脚，系带的红色小皮鞋，露出白色花边的袜子。继而，她整个人出现在他的视线里、干净、洋气、美丽，与所有围在她身边的大人和小孩子都不一样。

那是他第一次感觉到耻辱。

他觉得自己邋遢、颓唐，所以他快步跑回家，气鼓鼓地把书包扔到土炕上，拧开电视机看动画片。

他的父母看热闹回来，羡慕地说，那个小女孩儿是从很远的北京来的，由于家人要去香港做几年生意，便把她寄送到她小姨家来，等她小学毕业后再把她接走。

于是，窦海城知道，她将在这个穷困落后的山村里待三年的时间。三年之后，她就会离开。离别对于他这般年纪的小孩儿来说，并不觉得有多悲伤。相反，他希望她能早点离开，因为她的存在让他觉得难堪。

第二天上学，上课铃响后，老师领着她走进他所在的班级。时隔多年，他仍然记得她的自我介绍："我叫奚之陌，来自北京，希望大家多多关照。"

幼年的他，第一次听到这么动听文雅的词汇。他确定，她不属于这里，而只是路过，带给他无数幻想后便离开。

这是她的使命。

老师看到窦海城旁边空着一个位置，便将奚之陌安排到了那里。

她轻盈地走过去，对他说道："你好，以后我们就是同桌了。"

他只觉口腔干涩，一句话都说不出来，只能低着头摆弄自己那支快要握不住的铅笔。

随后，她把书包放在桌子上，拉开双边拉链，从里面拿出铅笔盒、课本，以及写字本。每一样都是他所没有见过的。

或许就是在那一刻，他喜欢上了这个同桌。或者，更确切地说，他不是喜欢她，而是喜欢她所代表的文明和优雅，以及她所处的美丽新世界。

五

以后的时间里，他以她经常找他补习功课为荣。由此，他在同学们心目中的形象变得高大，神奇。他开始收到她送的各种玩具、洋娃娃、火车、飞机的模型、电动飞车，等等。

其实，并不是他在讨好她，而是她在尽力讨好他。在这个小村子里，他是她唯一的朋友，别的同学往往由于羡慕过度而有些敌视她。

小孩子的嫉妒心，有时比大人还要可怕。有一次，那些敌视她的同学，趁着课间她上厕所的时间，把她的作业本全部撕掉，并把她的书包扔在地下，狠狠地踩踏。窦海城想过去阻止，但是对方人多势众，他始终没有勇气。

奚之陌回来后看到这凌乱的场景，一声不吭，默默拾起书包，拍拍上面的土。上课后老师检查作业时，她便撒谎说没有按时做完。为此，她被罚站一节课。

窦海城为自己的懦弱感到羞愧，因而一连好几天都不敢去她家做作业。也就是在这段时日里，他竟发觉自己对她的喜欢，已经超过了自己可以控制的范围。甚至连梦中，都模模糊糊出现她的身影。

他觉得害怕，气恼。因为，他自知他们不是一个世界的人，她终究会离开。

六

时间一晃而过，从来不给人们留下喘息的机会。等到发觉手中时间所剩无几时，才发觉相处的时间竟是那么少。

小学毕业终于来临，他如愿以偿考上了镇上最好的中学。但当他被前所未有的夸奖和赞誉包围起来时，却丝毫未感到快乐。

她离开前一天，到他家里来找他。她还是那么洋气、干净，头发一半编起来，一半散着，红色的皮鞋，白色的袜子。她拿出一张字条，上面写着她的地址和电话，让他以后写信给她，或是打电话给她。

他们都长大了。长大后，话就少了。况且离别的时候，说的话再少都觉得多余。

"谢谢你。以后去北京，一定要记得找我。"她在离开他家时说道。

他口腔又干涩起来，只能频频喝水。

第二天，一辆小轿车把她接走了，只留下一阵喧嚣而起的尘土。人们掩着鼻子瞅着前方，仿佛看不见的前方就是另一个世界。

窦海城没有去送她。他说，不去送，就代表没离开。

他把那个电话背得滚瓜烂熟，但一次都没有打通过。不想写功课的时候，他写了很多信，但是一次也没有寄出去过。

七

以后的很多年，他都朝着他幻想的文明世界奔跑。终于，他考上了北京的大学，毕业后留在了北京。

在一次醉酒的晚上，他曾拨打过那个电话，但那个号码已成空号。他也曾寄出去过一封信，但因地址不详又被退了回来。

她真正成了一个只在他梦中出现的人。或者说，她不过是他费尽力气虚构出来的一个人。

直到在公司里偶遇，他的记忆才猛然苏醒过来。

八

晚上，他回到和女友一起租住的廉价小屋。因为回去得太晚，他便没有敲门，而是蹑手蹑脚走进了狭窄的客厅。

他看到卫生间里的灯还亮着，里面传出女友的声音。

她应该是在给闺密打电话，嘴里不停地诉说着自己对生活的不满。电话那端的人应该在劝她不要那么紧张，慢慢来，一切都会好的。而女友仍旧一味诉苦，说感情最近也不顺，男友降职，工资降低，买房子更成了遥遥无期的事情。她不愿意过蜗居的日子，正在考虑要不要另谋出路。

趁女友还未从卫生间里走出来，他又悄悄溜到门外，以免让女友知道自己听到了她的电话内容。

九

已接近凌晨，小区里的灯多半熄灭，外面的街道上偶尔传来车辆的呼啸声，而比呼啸声更喧闹的，是他的心跳声。

他一直以为，女友是个不计较的人，愿意和他一起在灯火辉煌的城市里打拼。自己还是总监时，她任劳任怨，热情地憧憬着他们的未来，甚至提及要在中秋节时带他回老家看父母。

他们不是没有感情的，但感情在都市里格外奢侈。无意中听到女友的抱怨，他并不觉得气愤，而只是感到悲哀。

有什么是纯粹的呢？他觉得迷惑。

大概一个小时候后，他困得睁不开眼睛，才重新回到家里。那时，女友还在抱着手机看视频，看到他回来，只是简单地问，怎么这么晚。他回答得也很简单，加班。

熄灯之后，他们各睡一边，互不打扰。

十

办公室里的气氛越来越紧张，总监奚之陌雷厉风行，似有无限精力。

无懈可击的妆容，没有一丝微笑的脸，波浪卷的头发，以及十厘米的高跟鞋，无不让众人觉得害怕。

办公室里安静至极，大家都在拼命地赶分到手中的任务。

有人在私底下抱怨任务根本不可能完成，谁知奚之陌正好听到，便轻言轻语地说道，你不行的话那就换人。那人只好噤若寒蝉。

最痛苦的当属窦海城，他被分到的工作量最大，有很多疑问悬而未决，却不敢到奚之陌的办公室里去问。其他经理及各自手下的同事纷纷完成任务，他仍旧在苦思冥想。

奚之陌的秘书请他到她的办公室，他垂头丧气走进去。关上办公室的门后，他远远站定。奚之陌指指沙发让他坐下，他也摇摇头。

十五年后，他还是像以前那样怕她。本以为她开口会指责他超低的工作效率，但她却问：

"为什么不给我写信，连电话也没有一个。"

他不可思议地抬起头来，看到她脸上悲伤的表情。他不知道怎么回答，只觉得内心有一处封闭的地方忽然松动了。

奚之陌又说，回到北京后同学们都嘲笑她自农村来，孤立她，她没有一个朋友。所以，她只能咬着牙拼命赶功课，坐稳年级第一的名次。虽然有很多人不服，却没有人再欺负她。

在那些艰难的岁月里，她一直在等他的电话或是信笺，但始终没有等到。

<h2 style="text-align:center">十一</h2>

这些年，她谈过几次恋爱，但对方都觉得她太过强势。可是，她已经没有选择余地，在铜墙铁壁的世界里，她必须得保护自己。但她毕竟是个女人，会软弱，会疲惫，会想找个人依靠。每个女人都不想做强人，她同样需要被一个可靠的男人宠着，呵护着。

他四肢僵硬，口腔干涩，像以前面对她时那样，嘴里说不出一句话。然而，他真切地感到鼻子酸涩，像要流出泪来。

这种感受使他无比惊讶，在最累的时候，他都未曾流过泪。如今听她说起自己的遭遇，忽然也想摘下自己假装坚强的面具，好好地哭一场。

正在这时，有人敲响了奚之陌办公室的门。奚之陌瞬间恢复常态，冷若冰霜。她又戴上了面具，扬声说一句请进，随后又吩咐窦海城回去。

窦海城如蒙大赦，脚步跟跄地回到自己的座位上，想集中精力办公，大脑却不听使唤。接近下班时，他收到了奚之陌的短信，邀请他下班半个小时候后到附近的咖啡厅里喝一杯。

挨到下班时分，又挨了半个小时。他收拾好文件，提好公务包走出办公大楼。

他一步一步朝着奚之陌所说的咖啡馆走去，但在伸手推门的一瞬间，他又迟疑起来。犹豫许久，他转身朝地铁站走去。

他并不想失约。他只是想先回到家，与女友把所有的事情说清楚。

女友听完他坦诚的叙述，十分冷静地说祝福他，并同意结束与他的关系。

但凡这样大方的女人，必定已经对眼前的男人死心。或者说，她也有此意，只是没有找到合适的理由，听到对方提出分手，巴不得在心里鼓起掌来，自己乐得做这个顺水人情。

十二

第二天，他走进办公室，听到同事们议论纷纷，说新来的总监已经辞职。就在这时，他的手机传来短信震动的声音，他打开来看，只见上面写道："今天同样的时间，同样的地点，等到你来为止。我已经向公司辞职，你不必有任何压力。"

对他来说，那是过得最慢的一天。

下班后，他不管工作做没做完，便飞奔着冲向那家咖啡馆。她正安静地等待着，没有丝毫不耐烦，如若他不来，相信她第二天还会来等。

他们在人流中心，轻轻地接吻，仿佛站在世界中心。

愿你如朋友圈里生活得那样好

一

穆虚荣本名叫穆安容，但是我们姐妹几个坐在一起时，总是叫她穆虚荣。

不是因为别的，是因为她真的太虚荣。

当然，这其中的原因也跟我们微小的羡慕和嫉妒有关系。

有很长一段时间，我们闺密几个坐在一起时，总是把穆虚荣当作我们话题的中心。或者更确切地说，是她在微信朋友圈里发布的让人匪夷所思的，夸张做作的内容，一直让我们津津乐道。

我们一边喝东西一边聊天的时候，本来在安静地刷着手机屏的小A忽然就怪叫起来："喂，喂，快来看，快来看，穆虚荣又更新了朋友圈。"

于是，我们一哄而起，纷纷放下手中的奶茶或是咖啡，五六个脑袋挤在一起，看小A手机里穆虚荣的朋友圈内容。有时挤着看不到，我们就掏出自己的手机，连上店里的无线网，快速地点开穆虚荣的朋友圈。

"再一次站在埃菲尔铁塔底下，忽然就想起去年这个时候。这应该算是故地重游吧，我本应该高兴，却不知怎么觉得有些伤感。

时间都去哪里了呢？"

这是穆虚荣朋友圈里写的文字，在这段让我们想把喝下去的咖啡一滴不剩地全部吐出来的文字后面，她还配了两张图片。第一张是夜景，她戴着墨镜站在游人中间，背后是美丽的埃菲尔铁塔。第二张应该是在清晨，她穿着酒店里的白色睡衣，站在高楼上，手向前伸出，似乎要抚摸埃菲尔铁塔的塔尖。

这两张图上都配有中英文对照的文字，前一张配的是"如果我能永远留在这里的春天"，后一张配的是"时间没有等我，独自走了"。

我们几个朋友看完之后一阵唏嘘，大家七嘴八舌地再一次谈起她来，就像往常那样。

"她前几天不是说自己在瑞士吗？"

"她真的去了法国吗？"

"她到底在做什么工作？"

"她去年什么时候去的法国？"

"你看她的下巴是不是比以前尖了？"

"还有她的鼻子更挺了，我记得她以前明明是单眼皮啊。"

"她肯定整过容。"

……

整个下午，我们都在猜测议论穆虚荣。每个人的语气里，都带着一股不愿承认也不敢声张的酸味。

二

表面上，我们都对穆虚荣的朋友圈嗤之以鼻。但独自一人的时候，我们都会忍不住一遍遍点开她的朋友圈，把那些照片放大，看清楚每一个细节。第一次点开图片时，由于网速较慢，会等好一会儿才能打开。但由于同一张照片点开的次数越来越多，用食指轻轻一碰，照片就会立即打开。

那些打开的照片，是最普通最平凡的我们能想象到的最好的世界。因而，每次看那些照片，就感觉像是生生咽下去一个秤砣一般，砸得整个心脏生疼。

确实，任凭生活中的我们再怎么努力，也不会把环游世界当作家常便饭，把格调奇高的国际歌剧院当成三线城市的电影院，把巴黎时装周最新发布的服饰当作夜市地摊上的廉价货来穿，把皇家级别的餐点当作家乡最常吃的炖白菜。

穆虚荣确实虚荣。但是，我们不得不承认，她有资本虚荣。

而我们之所以觉得她虚荣，是因为我们比她更虚荣，却苦于在琐碎的生活中挣扎攀爬。

我们拥有的东西，她不屑一顾。而她拥有的东西，我们踮起脚尖，伸长胳膊也够不到。

三

以前周末的时候，穆虚荣也经常和我们坐在一起闲聊，在指点品评某个有话题的人物中虚度整个下午。那时，她不过是一家小广告公司里的小职员，薪水交完房租就所剩无几。出来和我们几个喝杯咖啡，付款时总是碰巧上卫生间，或是悄悄地站在我们的后面。

她从不随我们进美甲店美甲，而是自己去拥挤的格子铺里淘来几瓶指甲油，自己在租住的房间里涂抹。

在商场里买衣服，她拿了很多件试了又试，最终她傲娇地把这些衣服交回热情周到的服务员手中，说这些衣服不是颜色太淡，就是尺码略胖。实在没有理由时，她就说款式已经远远落在潮流之后。在服务员的脸还未拉下来之前，穆虚荣已经转身快步走出那家时装店。服务员并不知道，她已经在试衣间里把衣服拍下来。回到家后，她再在淘宝上淘一件价格低廉的仿制品。当同事们问起她的衣服在哪里买时，她总是能面不改色地说出商场的名字以及那件衣服的英文牌子。

诸如此类的事情，已经发生得太多。如果要一件件写出来，恐怕要写成一本长篇小说。

四

然后，突然有一段时间，穆虚荣神不知鬼不觉地退出了我们姐妹的咖啡奶茶会。最初，我们打电话给她，她总是用各种各样的理由推脱掉。再过一段时间，我们打电话给她，电话里便会出现一阵忙音。再到后来，我们会自动将她从聚会的名单里屏蔽掉。

直到她一贯不更新的朋友圈，突然上传了一张她坐在巴黎时装周发布会现场T台下的照片，她才以死火山猛然爆发的姿态重新出现。

那时，我们正在谈论一个高富帅开豪车撞人之后嚣张离去的事

件。其中一个人忽然就把大屏手机放到桌上，然后把穆虚荣的图片点开。

高富帅的故事，立刻就从我们的话题中消失。取而代之的是，穆虚荣从灰姑娘变成枝头凤凰的故事。

当时，我们都语气酸溜溜地说道，就这一次算什么本事。

但穆虚荣给我们的劲爆内容，并不是只有这一次。虽然，我们并不知道她做到这些，用了怎样的本事。

她的朋友圈里开始频频出现有"LV"标志的包包，欧洲名贵跑车，意大利庄园，大溪地的比基尼照，帅到令人发指的亲密外国男友。

在她的朋友圈更新一天之后，我们再怀着深深的妒意去看时，发现她在那条消息之下写道："统一回复大家，这是我男友送给我的纪念日礼物。我也觉得很贵，但是他坚持要买。"在这几句文字之后，她还附上一个害羞的表情。

穆虚荣一次又一次更新令人匪夷所思的朋友圈内容，终于让我们相信，她已经漂亮地穿过坚硬的城墙，进入到辉煌华丽的宫殿之中。

我们还是叫她穆虚荣，但是她已不介意别人叫她什么。或者说，她已经忘记我们是谁。

五

时间轰隆隆地在阳光和雨水中滑落。我们姐妹几个仍然隔一段时间便小聚一次，喝咖啡，喝奶茶，淘宝，以及谈论穆虚荣的朋友圈。

她变着花样延长生命的深度和广度，真叫人羡慕，也真叫人嫉妒。

直到后来，一个姐妹的公司和其他公司组织了联谊会，为了使联谊会更加热闹，公司要求每个成员必须带单身的朋友去，少则一个，多则不限。

我们姐妹几个虽然不全是单身，但还是都轰轰烈烈跟着去了。所谓的联谊会，不过是实质上的大型相亲会。男女共一桌，饭桌上交谈几句，如果看对眼，便留下联系方式。如果双方皆无意，那就当作免费吃了一顿大餐。

我们姐妹几个坐在一桌，另外还有几个长相格外着急的男人。只要我们几个女人聚在一起，便一定会把穆虚荣的朋友圈当作主餐，而其他再重要的事情也不过是增加味道的佐料。

正当我们毫不避讳地拿着手机在餐桌上谈论主餐时，一个姐妹旁边的男人好奇地把脸凑过去，看她手机里的内容。

事情，就是在这里以令人以猝不及防的速度发生了一个一百八十度的大转弯。

那个男人只看了一眼，就疑惑地说道："奇怪，这人不是我们公司的穆安容吗？"

此话一出，我们姐妹几个顿时安静下来。几秒钟后，我们又七嘴八舌地问他各种问题。

"你确定这个人就是穆安容吗？"

"穆安容在你们公司？你们是哪个公司？"

"她在你们公司是什么职位？"

"她前几天去了北极，是吗？"

"你有没有见过她那个英国帅哥男朋友？"

……

他招架不住我们的狂轰滥炸，直接打开他手机里穆虚荣的朋友圈。

六

那是一个跟我们手机里完全不同的朋友圈。每一条都是励志的内容，类似于"假如我不勇敢，谁替我坚强"，类似于"付出和回报都是等值的，相信自己的能力，加油"，类似于"我会带着最初的梦想，越过一座座高山"等。

所有的配图，没有一张出现自己的脸，而是从网上找来的已经滥俗到极致的女性励志图片。

那个姐妹把自己的手机交给坐在她身边的男人，她身边的男人把他的手机交给她，我们剩余的几个姐妹都站起身来走到她的旁边，头碰在一起一条条看属于穆虚荣的另一个朋友圈。

那个男人越看越疑惑："穆虚荣是怎么做到的？她明明在公司上班啊，每天加班加到很晚，每个月都拿全勤奖。"

我们异口同声道："她朋友圈设置了分组。"

"我是说，她明明没有去旅行，没有去看巴黎时装周，那这些照片是怎么来的？"他整个人还处于一片迷雾之中。

"现在在修图软件这么发达，她只要找来一张现成的图，然后把图中人的脑袋换成自己的就OK了。"其中一个在一家摄影工作室做后期修图的姐妹耐心地解释道。

是的，谜底已经水落石出。穆虚荣真的很虚荣，她还是跟以前一样，挣着三千块钱的工资，非要摆出开着名车的谱。

她坐在简陋的办公室里，废寝忘食地工作，恨不得一天有四十八个小时。一天之中，最早去公司上班，最晚走出公司回家。

她没有金钱和时间环游世界，没有那么高的颜值傍大款，没有那么高的能力做到企业高层。所以，她在朋友圈里虚构出了一个完美的世界。这个完美的世界，只展现给同样虚荣的，且看不到她真实生活的人们来看。

人们羡慕她，嫉妒她，讨论她，她也就达到了目的。

七

一时间，我们都变得格外兴奋，以及幸灾乐祸。

"你看，我就知道她在闹幺蛾子。"

"就她那一张大众脸，怎么可能会傍到外国帅哥，简直笑喷。"

"她也就是在公司里做个小职员的料。"

……

但是在沸腾之后，我们都沉默下来。

穆虚荣的悲哀，或许是我们每一个人的悲哀。

翻看自己的朋友圈，里面的内容，多多少少都有炫耀的成分。别人以为那样的生活，是我们生活的常态，但是只有我们自己知道，那些都是给一些不相干的人看的。

你在朋友圈上传了一张味多美的奶油樱桃蛋糕，但其实你并没

有舍得买下。隔了几天之后，你上传了一张极具欧洲小镇风味的风景照，但其实那里只是你偶然路过的一处不知名的风景区。你又上传了一张与男朋友拥抱的恩爱照，但其实你们常常吵到声嘶力竭。

　　穆虚荣，似乎就是我们每一个人。只是，她不过夸张了一些，做得过火了一些。

　　说到底，我们都想像朋友圈一样活得那样好。
　　但因现实不尽如人意，我们只好假装自己真的过得那样好。
　　是在骗别人，也是在骗自己。

美味面包or美丽爱情

一

面包和爱情，似乎是世界上永恒的话题。

面包用来延续和供养生命，而爱情用来滋润和丰富生命。两者缺一不可。如若缺少面包，一切便成无稽之谈，就像没有一当头的那些零，毫无意义可言。如若缺少爱情，人们便成行尸走肉，犹如已经耗干水分的花，不再具备美的质感。

这其中并没有低俗与清高之分。我们并不能为注重面包的人贴上绝对低俗的标签，也不能将只注重爱情的人奉为清高之圭臬。这只是一种选择，也是一种价值观取向。不能评判对错，只能选择尊重。

在这个世界上，存在为了获得更多更美味的面包而出卖爱情的人，也存在柏拉图式的精神恋爱。能说哪一个更好吗？只能说，在当下的境遇中，你的心倾向于哪一边。

二

向我倾诉自己心事的人并不在少数，但多半是受过爱情之伤的女人。她们一把鼻涕一把眼泪，说自己曾所托非人。而有一个男

人，在喝了几杯酒之后，向我说起他的不堪往事来。

我一向对沉默寡言的男人有好感，认为絮絮叨叨说故事应该是女人才有的天赋和使命。而那一天，那个男人饰演了倾诉的角色。

他在大学时，偶然遇到了中学时暗恋的女生，两人多年未见，却相谈甚欢。接触几天之后，他终于鼓起勇气向她表白，并获得成功。

但甜蜜而浪漫的恋爱时光只维持了一个月。一个月后，那个女生再次像初中毕业后那样消失在他的生命中。这一次，他没有像往常那样让痛苦在时间的长河中慢慢愈合。他选择去寻找，去她的学校，联系她宿舍的同学，去他们曾经逛街和约会的地方，但都一无所获。

很长一段时间后，他收到她发来的一条短信："不要再找我，就当从来没有见过我。"

那段日子，他过得很颓废、逃课、吸烟、酗酒、沉迷网络游戏。

毕业那个夏天很快就来临了，举行完毕业典礼的那天晚上，他和宿舍的兄弟决定去心仪许久的那家酒吧狂欢，就当是为了永恒的友谊和能够再见的告别。

那家酒吧喧闹，嘈杂，到处充斥着酒精和荷尔蒙的味道。他们刚一坐下，就有一位穿着肚脐装，露着大腿的浓妆女郎妖艳地走过来，坐到他哥们身旁。

他相信那是他一生当中，感到最惊悚的瞬间。是的，除却惊悚二字，他想不到更恰当的词汇。

她就是他那个突然失踪的女友。

三

他对我说，他并没有质问她为何会做出这样的选择，也没有指责她行为放荡。他只是装作不认识她，看着她像惊弓之鸟那样嗖地躲到了后台。

那一天，他和哥们儿喝到凌晨，几个人勾肩搭背摇摇晃晃走回学校。途中，他们大声唱着不着调的歌，唱着唱着就流出了眼泪。

如今，他已经结婚。生活还算富裕，妻子也通情达理。他很喜欢现在的状态，但总觉得缺少点儿什么。

我说，生活并不缺少什么，而是他该放下大学时期那段无疾而终的恋爱，并不是每个人都想饿着肚子追求爱情。

四

毕业后三年，康辉已经由一位名不见经传的编辑，变成出版界的精英。有才能傍身时，他便不再像以往那样自卑。

在一个周末，他应邀参加文艺界的一个聚会。他第一次参加这样的文艺聚会，听说往年来的人当中有着名的印象派画家，民谣风格的音乐家，以及逐渐被边缘化的作家。当然，聚会毕竟不是严肃的创作，允许带着家属或是男女朋友去。

那天，他独自一人去赴会。刚落座，他便看到一个年过六十岁的画家搂着他大学时的女神。在大学时，他和宿舍的哥们儿躺在床上，谈论得最多的人就是她。陈旧的电扇呼呼地吹着热风，升腾着的欲望在他们的身体里上蹿下跳。他下铺的一个哥们说："她美得让人忍不住想犯罪。"他对铺的一个哥们说："她长得那么好看会

147

不会遭天谴。"

渐渐地，讨论声转为打呼声。但他睡不着，翻来覆去想她的一举一动，并在凌晨过后将她带进自己的梦中。

在整个大学时光里，他一直把她当作高高在上的女神，只可远远观赏，不可近距离触碰。他也谈过几次恋爱，但他始终没有在梦中放过她。他也困惑，到底爱不爱她。或许，对她不仅仅是爱。

他们从没有过交集，但她却是他青春岁月里最美好的记忆。

如今再见她，她还是美得让女人恨不得诅咒她。但她冷若冰霜，用浓重的脂粉覆盖住一切表情。任谁都看得出来，她与身边那位头发斑白的画家有某种难以启齿的关系。

直到聚会结束，她都没有认出他来。或者说，她不屑与他相认。

在回去的路上，有一位民谣音乐家顺路搭他的车。他有意无意地提起那个女人，音乐家说，她现在很抢手，以前做那个画家的模特，后来发展成他的情人，名下有一套画家送的别墅。音乐家还说，画家曾带着她的人体画像参加一个画展，并捧回一个奖杯。

再走一段路后，音乐家下了车。他拧开电台，任由悲伤的曲子流淌在整道街上。

可是，他为什么悲伤呢？

是因为她选择了面包，而不是选择了爱情吗？然而，何以见得她没有对那个画家生出爱情呢？

每个人都是独立的个体，都有自己的际遇和价值体系。所谓的理解不过是误解，所谓的认可隐藏着太多勉强。

自己的生活仍是一团糟，又何必为他人担忧。面包也好，爱情也好，当中都掺杂着太多无可奈何。

一年后，康辉又参加了文艺界的聚会。那个画家仍与他坐在同一桌，但他身边换了另一个眉目清秀但妆容浓重的年轻女孩儿。

那么，他大学时的女神去了哪里呢？

或许，在囤够了丰盛的面包后，她去追寻自己的爱情了。

五

偶然听朋友说，顾程程与丈夫离婚了。我惊讶不已，在我们眼中，顾程程与她的丈夫就是天造地设的一对。他们是高中同学，考了同一所大学，变为懂得珍惜的标杆情侣。大学毕业后，两人来到北京，租住了一间不到十平方米的房子，每个月的工资除去房租和饭费后所剩无几。

他觉得抱歉和愧疚，拼命地工作，呵护她，宠溺她。她从不抱怨，不断地鼓励他，无偿地支持他，信任他。

五年之后，一切开始好转。他升职为总监，又赶上公司上市，分到若干股权。他们在三环买下一套房子，又添了一辆车。

就在所有人都认为他们终于苦尽甘来时，却爆出他们离婚的消息。

面包有了，爱情却失去了。

对此，她给出这样的理由：富裕后的他与穷困时的他一样忙碌，以前他总会抽出时间对她嘘寒问暖，如今连说几句贴心话都是

一种奢侈。

　　她自己也有工作，也能赚到维持生命的面包。以往对他不离不弃，是因为他拿纯粹的爱情供养她。当下爱情消失殆尽，又何苦死死守着一架只会烘烤面包的机器。

　　我由此得知，世间存在把爱情看得高于一切的人。

一个人的
化茧成蝶，
既疼痛
又美好

我祈祷拥有一颗透明的心灵

和会流泪的眼睛

给我再去相信的勇气

越过谎言去拥抱你

每当我找不到存在的意义

每当我迷失在黑夜里

夜空中最亮的星

请指引我靠近你

——逃跑计划《夜空中最亮的星》

世界辽阔，总会还我们一个完整的梦

一

唐子淳，梦想的偏执狂，有洁癖的处女座。

三年前，我们在一次共同的朋友聚会上认识。一直以来，我们并没有太多的交集，但我总是能从朋友的闲谈与唏嘘中听到他"不疯魔，不成活"做摇滚的事迹。

"毁掉我们的不是我们所憎恨的东西，而恰恰是我们所热爱的东西。"这是尼尔·波兹曼说的一句经典名言。我觉得这句话放在唐子淳身上实在太过贴切。我们就是那样无能为力地看着他背着沉重的梦想，想要穿过云层冲向可以容纳一切的天空，却一寸寸向下坠落。

任何人都不知道坠落到深不见底的山谷后，他会选择带着伤痕重新起飞，还是就此把梦想连同对生活的希望一并埋葬。

坐在咖啡馆里闲聊的时候，唐子淳永远是我们话题的中心。在这个黑夜被霓虹照亮的时代，梦想远比一杯咖啡要奢侈得多，也远比一杯咖啡更让人觉得矫情。在平凡得如蚂蚁一样的我们看来，唐子淳是一只拼命想要逃出平凡围城的猛兽，让我们佩服的同时，也让我们觉得他不过是在做垂死的挣扎。而在他看来，我们坐在咖

152

啡馆里无所事事的闲聊，不过是在等着死神前来报到。

梦想，把我们的距离隔开了好几道街。

但是，说不清是嫉妒，还是羡慕，我们看似漫不经心实则聚精会神地关注着他的每一次转弯，准备在他下坠时看他的笑话，或是在他起飞时举起手为他鼓掌。

二

唐子淳毕业于一家并不知名的音乐学院，毕业后多半同学都走进中学校园，做了一名音乐教师，也有几个家境富裕的同学到国外知名音乐大学进修，只为混一个唬人的头衔。而他则带着摇滚至死的执着信念，千里迢迢来到北京，和几个意气相投的朋友组建了一支摇滚乐队。

那一支乐队，是他梦想的起点。当然，也可以说是他中毒的开端。

在那支乐队中，唐子淳做鼓手，并负责乐队原创作品的作词和谱曲。他们排练的地方就是他租住的地下室，见不到阳光和月光，看不到树梢和蜻蜓，也听不到雨声和风声。唐子淳打鼓极其用力，手持鼓槌的地方，已经多次渗出血液。他只好贴上创可贴，忍着流血的疼痛，继续练习乐曲的拍子，调整乐曲的节奏。鼓声、吉他声、贝斯声，以及主唱唱出的歌声，交织在一起，是一种掺杂着太多复杂情绪的呐喊。

没错，是呐喊，是对这个太苛刻的世界的呐喊，是对太疲惫的生命的呐喊，是对太强烈太顽固的梦想的呐喊。

一曲唱完，每个人都大汗淋漓，每个人都沉默得如同死去，每个人的眼睛里都有某种说不清道不明被压抑的液体。

乐队其他人走后，狭小的屋子里只剩他一人。已过深夜，他仍旧接着练鼓。隔壁有人愤怒地敲开门，警告他不要再闹出动静，他只是机械地答应一声，随后又敲出旋律。一整夜过去，鼓面上已滴满血珠和汗珠。

既然选择了这样的道路，就只能硬着头皮走下去。他站在落了灰的镜子面前，仔细端详自己。脸上有疲惫，也有跃跃欲试。

他手握鼓槌倒在床上。就先这样睡去吧，睡醒后还有千万里泥泞的路要走。

三

唐子淳把录好的歌寄到多家唱片公司，过了一个多月仍没有收到任何回复。坐在主题餐厅里演出时，台下的人们只是大快朵颐地享受着晚餐，并没有人回过头来投以赞赏的一眼。多半时候，嘈杂的碰杯声，都会盖住奋力敲击的鼓声。

午夜散场，他通常没有进一点儿食。见到还未被服务生收拾的餐桌上仍留有吃剩的饭菜，他便默默地坐下吃起来。

他一边咽下凉却的残羹，一边咽下冒生出来的绝望。他并不懂，为什么坚持梦想的人，多半生活窘迫。而那些老老实实待在围墙里的人，生活富足，健康长寿。

他的生活就像一间没有窗户的地下室，没有光线，密不透风。每天所做的事情，就是作词谱曲，练习打鼓，录制歌曲寄给各个唱片公司，在主题餐厅演出。

唯一让他看起来与众不同的是，他心里始终升腾着梦想的热气。唐子淳并不知道尽头在哪里。或许，这条路从来就没有尽头。即使知道或许永远与梦想隔水相望，但他的字典里似乎没有收录"放弃"二字。日子难熬时，他顶多是一支接一支地抽烟，以及蒙着被子在地下室里睡觉。

然后，睡醒后再重新开始。

四

在主题餐厅演出的那一段时间，他喜欢上了餐厅里一个相貌普通的服务生。当他把要追求那个女人的消息告诉乐队里其他人时，他们都对其嗤之以鼻，说凭着唐子淳的帅气完全可以追求一个更好的女孩儿。

唐子淳给出的理由很简单："我养不起更好的女孩儿。这个服务生在不忙的时候总会看我打鼓，也知道给我留一份没有动过的饭。"

乐队的哥们儿们听到这话都沉默了。并不是所有人都能同时承担得起梦想和生活的重担。

唐子淳和那个服务生女孩儿在一起了。她没有宏大的梦想，只想把日子过好。她也并不知道自己真正想要什么，生活给予她什么，她就全盘接受。

即便是热恋的时候，唐子淳也很少腾出时间来陪她。她并不是不伤心，只是不忍责怪他。毕竟，在对她表白的时候，他已经说明

他并没有多余的时间，也没有多余的钱。

他们的关系一直维持得很好，从未走得太近，对彼此的感觉就保留着最初的印象。至于那些生活深处的难堪与阴暗，只有自己以及屋里的那面镜子知道。所以，他们都认为他们是最相爱的一对，也为从未吵过架而深感欣慰。

在三个月纪念日时，他因为录一首新歌忙碌到半夜。她拿着午夜场的打折电影票来地下室找他，他一脸迷茫，全然不知道她那一天为何那么热情。

在踌躇片刻之后，他最终还是拒绝了和她去看电影。他用轻柔的布擦拭鼓架与鼓槌，随后他吩咐她坐下来听她打鼓。她把电影票放进包里，按照他的指示坐在床沿上。在澎湃激昂的鼓声中，她心如止水，并不打算生气，也永不会把今天是什么日子告诉他。

打得大汗淋漓时，她拧干泡在脸盆里的毛巾，为他擦汗，并用叠好的干布把鼓面上的汗珠也擦掉。那一晚，她没有离开那间地下室，而是听他说了整晚的梦想。朋友们都说他想做第二个崔健，其实他并不想复制刻版任何人。他只想在自己身上贴上摇滚的标签，做打鼓界的牛人唐子淳。

五

时间不等人，也不等梦想。一晃就是两年。两年的时间，唐子淳搬过一次家，但仍住在地下室。他的乐队仍在各个餐厅演出，只有嘈杂的环境，没有忠诚的听众。他依旧坚持给各家唱片公司寄歌曲小样，但都石沉大海。

两年的时间，他们都看到了社会给予的冷眼。因为看不到希望，主唱回到家乡继承了父亲的事业，贝司手创办了一个贝司补习班，吉他手在父母的安排下娶了只见过数次的女孩儿。

这个乐队还是解散了。在解散那一天，他们四个人去酒吧喝酒，一直喝到凌晨四点钟。从酒吧出来，正赶上下雨。那是唐子淳唯一没有练习打鼓的一夜。

第二天一大早，他把女朋友约到一家很小的奶茶店。店里只有工作人员在忙，他为女友点了一杯红豆热奶茶，自己则要了一杯清水。过了一会儿，他终于直截了当地提出分手的要求。他对她说，乐队已经解散，接下来的日子会更苦，时间也更少。在她没有厌倦，埋怨他之前，分开是最好的选择。

她试着挽留，而他已做出决定。他请她喝的唯一一杯红豆奶茶，她没有喝出一点儿味道。

六

在不知重新起飞的迷茫日子里，他回了一次家。

那一天正好赶上亲戚们聚会。越是热闹的地方，唐子淳越感到孤独。大人们最爱做的事情，无非就是挤在一间屋子里，说张家长李家短，顺带不经意地说起自己的孩子多有出息。

大舅妈说儿子今年毕业，已经拿到了知名外企的Offer。姨外婆说自己的孙子在部队的医院里，做得风生水起。二姨说自己的女儿在香港旅行时给她买了一条紫水晶项链。

唐子淳的父母只是静静地听着，适时夸奖一下别人的孩子，有

时也朝低着头的唐子淳投来略带哀伤的眼神。不知是谁问起唐子淳现在在做什么，忽然之间整个屋子就静下来。唐子淳看看父母，又看看眼前这群等着看笑话的人，轻描淡写地说道，他在北京做音乐。

有人紧接着问，做得怎么样。他回答，还可以。

有关他的话题就此中断，人们又互相吹捧起来。

聚会结束后，屋里只剩下唐子淳和他的父母。父亲抽着旱烟不说话，烟雾弥漫整个屋子。母亲低着头暗暗抹泪。唐子淳只说，让他们再给他三年的时间，如果三年之后依旧闯不出名堂，他就安顿下来。

他离开家的那天，父亲像往常一样把他送到了火车站。

七

后来，他仍旧在北京的一间地下室里创作，同时帮人做一些谱曲的工作。他也寄出过很多歌词，有几首被人买下版权。

日历一张张被踩在脚底，他剩下的时间越来越少。这期间，他并没有闯出什么名堂，只是一再受着梦想的蛊惑，不间断地练习打鼓。每一个夜晚来临时，他似乎都很平静，仿佛已经做好了换一条道路的准备。

他并没有预料到，事情会有转机。

在一个大型的摇滚乐比赛现场，他心潮澎湃地坐在台下，评委席上坐着他最崇拜的摇滚主唱。比赛看到一半，他在上洗手间的空隙误打误撞走进了后台。后台即将上场的乐队捶胸顿足，一阵慌乱。他偷偷问旁边的助理发生什么事情，助理告诉他，鼓手肠胃炎忽然发作，不能上台。唐子淳鼓起勇气走过去，说他就是一名鼓手。

就这样，他没有参加任何排练，没有看一眼曲谱，就随着只有一面之缘的乐队走上台。台上光芒四射，照在他面前的架子鼓上。

在演奏的时刻，唐子淳看到他最欣赏的评委正聚精会神地看着他。

迷路也算是一种走路

一

湛奕和席晨宇自幼相识，他们是别人眼中的青梅竹马。但湛奕讨厌别人这样形容他们之间的关系。任何时候，她都想咬牙切齿地把他远远甩开，走到没有他存在的地方过一种光鲜亮丽的生活。而席晨宇从来不给她任何机会。

湛奕清楚地知道自己的优势在哪里——仿佛整过容一样的完美脸蛋和有着黄金比例的漂亮身段。只要走在街上，不用刻意搔首弄姿，那细柳一样柔软的腰肢自会叫行人频频行注目礼。还有那两条修长的大腿，总会让人感叹上帝在造物时偏心。

人们都说，这样的可人儿不去做演员简直是暴殄天物。她与人们的想法如出一辙。幼年时候开联欢会，白雪公主的角色总会落到她头上。那时候，人们不谈演技，只说孩子长得好不好看，可不可爱。以至于湛奕觉得，她天生便是摄影机下的尤物。

是的，她有一个演员梦。而且，她笃信这个梦一定会实现。因为，没有人说她不漂亮，不适合做演员。

在生活中，她总是摆出大牌演员的架势，订阅时尚杂志，定期去美容院做美容，出门定要化妆，戴上时尚的帽子和酷酷的墨镜。

她并没有多余的钱去摆明星谱，但她身后永远有一个舒服贴心的靠背——席晨宇。席晨宇也并不是开着豪车的富二代，而只是一个老老实实的上班族。湛奕总说席晨宇是最土的人，但席晨宇从不会反驳说她拿着最土的人的钱把自己打扮得最时尚。他们之间，永远都是一个愿打一个愿挨。

二

湛奕同很多长得漂亮的人一样，有一张明星脸，却没有明星命。

她没有考进电影学院，也没有硬如铁的后台关系直接搭上某位导演大咖。当湛奕热腾腾的演员梦成为一盆凉水时，席晨宇曾用蚊子般的声音劝她要不要找一份安稳的工作。她看看镜子里如花般美丽的自己，再看看涂着丹蔻的手指，哭得天昏地暗。

自此之后，席晨宇再也没有提过这件事。

他还是在一家电子公司做高级技术员，把七成工资用到湛奕的时尚打扮上。而她挤不进演员圈子，只好退而求其次，应聘到一家广告公司做平面模特，闲下来的时间有时会去做一些不知名服饰品牌的新款发布会模特。

当然，偶尔在网上看到某个电影在招募群众演员时，湛奕也会兴冲冲地报名参加。表演的戏码，无非就是街道上的路人，商场里漫不经心的行人，或者是战场上被箭射中的死者。镜头的焦点，从来没有对准过湛奕，湛奕的脸也从来未真正出现在银屏上。即便有一次拍到了她的脸，在后期也被剪辑师给剪掉了。

在做群众演员期间，湛奕从未见过主角。在她的想象中，主角身边永远围着一群助理，有人负责补妆，有人负责整理发饰，有人负责遮阳。而主角只是拿着剧本，目中无人地背诵。如果渴了，抬抬手就有人递上温度刚刚好的饮品。就连掌握一切生杀大权的导演，都要敬着这些演员三分。湛奕实在羡慕得厉害。

有一次做群众演员结束后，湛奕迟迟不肯离开。导演就在不远处的摄影机后面，主角和群演的距离只是短短几步而已。然而，湛奕在原地踌躇许久，等其他群众演员都走后，她还是没有勇气走过去。

时间一天天过去，湛奕依旧在平面模特和群众演员中倒换角色。在聚光灯下，她变得格外耀眼，但从来没有人记住她的名字，当她换下衣服、卸完妆之后，也不会有人记起她。说到底，平面模特也好，群众演员也罢，都只是可随时更换的临时工作，而并非一份可伴随一生的事业。

三

娱乐圈是一个太宽泛的圈子。严格而分，湛奕也站在娱乐圈内。只不过，她处于娱乐圈的边缘地带而已。

娱乐圈向来是非多，黑并非黑，白也并非白，黑与白之间有太多的过渡色泽，暧昧不清的灰色则是最常见的颜色。

每天晚上六点，华晨宇便到湛奕做平面模特的广告公司里等她下班。有时拍摄进度不理想，则会拖到十点。他坐在一旁，看她穿着只够遮体的衣服按照摄影师的指示，摆动腰肢，做出各种魅惑的动作。他脸上不动声色，心里早已是翻江倒海。

两人回家路上，都是一副心事重重的样子。他不知该如何表达内心不希望她再去做这种平面模特的想法，而在措辞的间隔里，她却先他一步说话。

她说得很委婉，但所表达的意思却十分明确与坚定。她对他说，以后不要再去公司接她下班，免得同事们误会他是她的男朋友。而且他在那里看着令她放不开，很影响拍摄工作。况且，与她一起工作的那名女模特，是时下当红歌星的秘密女友，最近正在请知名的团队包装她，并试图捧红她。那个为她拍摄的摄影师，看似很低调，其实有很强硬的背景关系。前一天，他向湛奕表白了。虽然她并不爱他，但是她正在考虑给他肯定的答复。

北京的夜空很少望见星星和月亮，倒是一路的霓虹灯亮得刺眼，迷离得让人睁不开眼睛。

席晨宇只是听着湛奕说话，并没有转过头去看她。他忽然不知道出租车将要把他们载向哪里，他感到自己迷路了。

或者说，迷路的不是他，而是不顾一切做着演员梦的湛奕。

四

那天之后，席晨宇再也没有去湛奕的公司等她下班。他只是每天订一份营养晚餐，让送餐员送到她手中。

湛奕知道晚餐由谁订的，所以她从未打开过餐盒，而是转手送给其他加班的同事。如今，她已是摄影师的女朋友，除去拍摄的时间，她总会跟随他去见各个没有名气却很有脾气的电影导演。在向

这些导演介绍湛奕时，摄影师从来不说她是他的女友，而把她定位为极有表演天赋的模特。

这些导演常年混迹娱乐圈，对这种情况也是见怪不怪。摄影师并不真心爱她，只不过是玩玩而已。她在心里对摄影师也极其鄙夷，忍耐着跨住他的臂弯，不过想踩着他这把梯子站得更高，好让人们看见她。而这些导演呢，哪有什么真本事，哪有什么正在拍摄的剧目，哪有什么获得外国奖项的奖杯，不过是凭着家里有几个闲钱，挂上一个导演的头衔，把那些自动上钩的妙龄美女收进囊中而已。

当然，他们也并不是一无是处。趁着他们高兴的时候，灌下几杯红酒，他们也会借着酒意把那些想出人头地的姑娘介绍给真正的导演。至于导演看不看得上，以及演什么角色，那就凭她们的造化了。

说得坦白一些，娱乐圈就是一个深不见底的深潭，不谙水性的人迟早会被淹死。

湛奕的水性并不好。

<h2 style="text-align:center">五</h2>

那天深夜，湛奕扶着摄影师介绍的导演踉踉跄跄地走进一家高档酒店。她想起上个周末和摄影师一起走进的那家酒店不如今日的奢华。而席晨宇从来不会这样对她，他只是胆怯地触碰她的小手指，脸红得像是傍晚时分的火烧云。

她身旁的导演在翻云覆雨之后鼾声大作，而她起身打开窗户，点上一支烟。烟雾散在黑暗的房间里，而那卷上那一点欲亮又灭的火焰照亮了她的泪痕。

她从来不知道想要做一名演员要这么艰辛。她也曾问自己，如果早知道是这样的路程，她还会不会这样做。但是，始终都没有答案。她看见的永远不是娱乐圈的黑暗面，而是那些璀璨耀人的光环。

天亮时分，她才躺到床上，假装睡得很熟。过了好一会儿，躺在她旁边的男人才醒来。他光着膀子靠在床头上，伸出胳膊揽住湛奕。

湛奕以为他终于肯松口，只是她没有想到，她又用竹篮打了一次水。他呼出的气息里带着昨晚晚餐龙虾的味道，酸腐难闻，但她得极力忍着。就是在这样的氛围中，她听到他说，因为资金紧张，刚刚开拍的一个剧只能中断。但是，他可以把她介绍到另一个剧组去。

湛奕觉得自己就是一个被人踢过来踢过去的足球，玩够了后就踢给别人。然而，她并不甘心对他们说不，毕竟她已经走了这么远。

她确实被推荐到了另一个剧组，但那个剧组的拍摄工作已经接近尾声。主演与群众演员都已选好，她来迟了一步。

她见到了正在拍摄的导演，也见到了花容月貌的演员，他们谁都没有正眼看湛奕一眼。

在那时，湛奕才知道，原来在某些场合中，她连被潜规则的资格都没有。

六

湛奕又干回了老本行，做了一名最普通不过的平面模特。摄影师换了一个又一个，他们都垂涎于她的美貌而信誓旦旦地答应满足她做演员的愿望。她知道这些摄影师口说无凭，却一次次相信他们，心想祈祷或许下一次就会得到一个角色。

在某一个剧组中，秃顶的导演从上到下把她打量一番后，终于决定让她出演。她欣喜若狂，以为终于熬出头，成为银屏上万人瞩目的明星。然而，导演给她安排的角色是丫鬟，从头到尾露脸不超过三次。最后剪辑时，她的戏份只剩一个背影与经过处理的声音。

她终于觉得疲倦。

七

那一晚，她买了一箱啤酒回家。空腹一口气喝下四瓶，因为反胃又全部吐出来。

她想要大声地哭出来，却挤不出一滴眼泪。她整个人都空了，她的身体，她的愿望，她的灵魂，都已经不属于她。

在狼藉中，她脚步踉跄着出门。那天晚上，其实月光很亮，只是她觉得那都是她以前流过的泪水。不知不觉中，她竟来到席晨宇的家。

在不相来往的日子里，他们两人都没有搬家。她住在小区的西面，他住在小区的东面。小区不算小，但想要走过去也只需七八分钟的路程。

从窗户中，她看到他家还亮着灯。在地上蹲着吐了好一会儿后，她才用脚使劲地踹他的门。一下，两下，三下……她没有数清踹了多少下之后，门才打开。

她像往常那样肆无忌惮地闯进房间，随即吆喝席晨宇打开一瓶啤酒。但之字形路线走到一半，她猛然发现沙发里端坐着的女孩儿正看着她。她的意识在瞬间恢复正常，她看看那个女孩儿，再看看门边的席晨宇，忽然明白了些什么。

在事情没有更糟糕之前，她夺门而出。

是的。她太过天真了，像她这样的女人，怎么可能期待有人会在原地等她呢？况且，当初是她把他推得远远的。已经过了这么久，他早应开始新的生活。聪明的人，是从来不会沉溺在过去当中的。

可是，她觉得心口疼得厉害，像是下一口气就会喘不上来一样。

八

她还是没有眼泪，她的身体与灵魂真的干瘪了。跌跌撞撞寻找康庄大道的路上，她最终变得一无所有。

她索性在蹲着的地方闭着眼睛躺下来，就算有人走过多看她几眼，她也觉得无所谓。人生当中，再也没有比现在更糟糕的时刻了。

在睁开眼的时刻，她忽然看到席晨宇正安静地守在她身旁。

"傻子，那是我表妹。今晚在我这里住一晚，明早就坐飞机去墨尔本留学。"

　　湛奕觉得脸上下起大雨。真好，她在心里对自己说。她并不是一无所有。

　　至于那些迷路时犯的错，就当作重新开始新的人生所付出的代价吧。

不可将就，只愿讲究

一

在这个以瘦为美的时代，诸苑辰偏偏要做到胖不惊人死不休。更令人发指的是，她有一个帅得堪比韩国欧巴的理工学霸男朋友。

她不知道什么是节食，也不觉得被一阵风就能吹倒的我们有什么值得羡慕。在多得数不清的下午，我们总是小心翼翼地喝一杯柠檬果汁，红豆奶茶，或是一杯卡布奇诺咖啡，而对玻璃窗后面摆放的奶油甜点敬而远之。但诸苑辰不一样，她总是要一杯热巧，再来两块樱桃蛋糕。

我们看着她大快朵颐，心里羡慕得要死，嘴上却不住地损她，说她脸胖得就跟小笼包一样，一条胳膊比人家的大腿都粗，一条大腿比人家的腰还圆。而她总是能成功把这些话当作吃蛋糕、喝热巧的佐料。等我们七嘴八舌说完，她还没吃完，两边的嘴角涂满奶油的残渍，我们都假装很嫌弃的样子不忍细看。

等到碟子里的蛋糕，以及杯子里的热巧都被她鼓起来的肚子席卷一空时，她才拿起纸巾抹一抹嘴，腾出时间不紧不慢地回我们一句："我家王赫就喜欢我胖胖的。"

这一句话屡试不爽，总会把我们噎得说不出话来。

在所有的胖子都被减肥折磨得死去活来，或是在减肥与长胖的死循环中无处可躲的时候，诸苑辰却因手上有一枚优质男友而敢于胖出境界。她非但不为自己的胖自卑，反倒是可怜那些单身瘦子。

都说唯有爱与美食不可辜负。但是，那些单身瘦子，既没有享受到爱情，也不敢让味蕾与美味亲密接触，这对诸苑辰而言，是对人生最可大的笑话。

当她第一次把这个理论搬到我们的午后小聚上时，我们面面相觑，就连平日里最伶牙俐齿的小C都找不到反驳的理由。小C虽无言以对，却给诸苑辰起了一个外号挽回自己的面子。

这个外号是：猪圆圆。我们听到后笑作一团，诸苑辰却大方接受，当猪圆圆就是高圆圆。就这样，我们渐渐忘记诸苑辰的本名，而把电话联系人的名字和微信微博的备注都改成猪圆圆。

二

猪圆圆大学的专业是日语，毕业后一直在一家日企工作。高薪，双休，稳定。除此之外，公司还拥有自己的餐厅，样式丰富，味道上乘，深得猪圆圆那一颗吃货心。

可是，在一次午后小聚会上，她告诉我们她已经向公司提交了离职申请，也买好了去新疆的飞机票。她说的时候，嘴里还含着一大口草莓奶油香酥饼，奶油残渍一如既往地沾在嘴角。

在我的记忆中，那应该是我们和猪圆圆最后一次聚在一起，看她那么享受地吃。那个下午，我们都要了一个大杯的巧克力冰激凌和一大块奶油蛋糕，算是为猪圆圆送行。

我们吃得很愉快，完全不曾感觉到悲伤。即便是有人说了几句煽情的话，也会被我们嘻嘻哈哈掩盖过去。离别是太常见的事，我们都应学着习惯。更何况，猪圆圆这次离开北京去新疆，是为了和王赫团聚。

她和王赫恋爱至今已十年。但这十年之中，有七年的时间分属异地。

高一时，猪圆圆的妈妈每隔一周就给她带来家乡特产。那时候，猪圆圆就已经是名副其实的胖姑娘。而坐在她后排的王赫，则是名副其实的学霸。但这位学霸极其挑食，葱、姜、蒜，香菜，芹菜都不吃。所以，每次拿着饭盒去食堂打饭时，都只能愁眉苦脸地要一份咸菜，就着已经硬了的馒头吃。

猪圆圆对高冷的王赫使出撒手锏，她把美味的特产放到他的书本上。他抬起头扶扶眼镜，听眼前这个胖胖的女孩儿说出交换条件：以这些特产换他放学后的补课。

这个交易直接促成了他们的爱情。

老师心知肚明，但因王赫始终保持学霸重要地位，猪圆圆成绩也稳步上升，老师只能闭口不言。

高考成绩揭晓，王赫超出一本线八十多分，猪圆圆却刚刚过一本线。所以，王赫考入了中国石油大学，而猪圆圆在一个三线城市学习日语专业。

四年的时间，他们给通讯行业和铁路行业做出了难以计数的贡献。他们像所有的异地恋情侣那样，怀疑过，失望过，争吵过，却从未想过要放弃。

猪圆圆还是把不可辜负爱情和美食当作人生箴言，不顾旁人的有色眼光，吃得心满意足，秀恩爱也秀得花样百出。每次王赫从北京坐火车去看她时，总会给她带很多果脯，她总也吃不腻。

毕业季的那个夏天格外短，感觉还没换上短裙，夏天就已经过去。猪圆圆打电话兴奋地告诉她，北京一家日企给她发来Offer，让她毕业后就去上班，实习三个月后就可以转正。在那个电话，她唯一一次没有提到新发现的零食和小吃街，而是一直絮絮叨叨地说两个人终于要在一个城市生活。说到最后，她才发觉王赫没有说一句话。她问他为什么不说话，他才很小声很小声地说道：他属于定向培养生，毕业后要到指定的地方工作。她很天真地问："指定的地方不就是北京吗？"

"是新疆。"王赫的声音已经小得不能再小。但猪圆圆还是听得一清二楚。

永远是追逐，永远追不上。就像月亮和太阳，只能一个属于夜晚，一个属于白天。

三

猪圆圆和王赫都接受了命运的安排。她背着微薄的行李和丰厚的零食来了北京，他则带着一颗愧疚的心去了新疆油田。

他们还是异地，还是给通讯行业和铁路行业贡献力量，还是吵架吵不散。当然，猪圆圆一直对得起这个外号。

如果不是那天晚上的突发事件，生活或许会一直这样继续下去。那天晚上，王赫由于连续几天熬夜加班，再加上一直吃不惯单位的伙食，突然发生晕倒并留院观察，检查出贫血和高血压两项病症。

猪圆圆知道后，立即向公司请假坐最早的航班赶到他所在的医院。在照顾他的那几天里，她做出这样的决定：辞职来新疆。

猪圆圆回到公司后，上司将一叠文件交到她手中。她歉意地笑笑，没有接那些文件，而是向上司递上一封辞职信。上司自然不舍得放走能力强，且为人随和幽默的猪圆圆，便把她叫到办公室，准备给她上一节政治教育课。但还未等上司说话，猪圆圆就又摆出那套爱情和美食不可辜负的理论，说不能自己独享美食而让男朋友受苦，她要去新疆给她做美味的饭。至于工作，哪里都可以找到。上司见留不住她，只能在那封辞职信上签字，并给予她祝福。

她把我们约在一起，向我们一一道别。

四

猪圆圆去新疆后，依旧和我们保持着联系。但是，随着时间的流逝，我们的交流越来越少。

我只是间接听说，她在新疆并没有找到与专业对口的工作，而是去了王赫所在的单位做了一名在开会时端茶倒水的秘书。

一顿三餐，她变着花样为他做。不出一个月，王赫明显胖了一圈，而猪圆圆平日穿的衣服则松了不少。她看到书架上放着的都是他随时要用的专业书，而她自己那些日语专业书一直压在箱子底下。

单位里有时一连几周都不开一次会，她就坐在工位上浏览网

页，可浏览来浏览去无非就是娱乐圈里那些事儿。实在烦了，她就跑到单位门口那家小卖部里买一袋瓜子，但她只负责剥壳，不负责吃。她把那些瓜子仁放在一张干净的A4纸上，下班后留给王赫吃。

每次做饭前，她都会问王赫吃什么。王赫总是忙，有时忙着加班，有时忙着应酬，有时忙着玩游戏，他听到猪圆圆问他吃什么时，便随口说道："随便。"

以后，她还是每次都问他吃什么，他还是说随便。问得多了，他就懒得回答，她就自言自语地说："随便。"

连最挑食的王赫都说无论吃什么都随便，她开始怀疑她迢迢千里来到这里的意义。

随便，在她看来就是将就，就是凑合，就是勉强过得去。

而猪圆圆是一个只愿讲究的人。她讲究美食的味道，讲究爱情的纯度，讲究生活的质量，也讲究梦想的深度。当王赫说三餐随便时，猪圆圆便觉得她已经没有继续留下来的必要。

即便是她甘愿放弃自己做日语翻译的梦想，但她从王赫眼睛里再也看不到爱情，以及共同接受琐碎生活的决心。

所以，在王赫再一次说出"随便"两个字后，猪圆圆一字一句地说："我要回北京。"

王赫怔了好一会儿，然后打开电脑帮她订机票。

五

猪圆圆把之前囤的美食都留给了王赫，然后提着行李一个人赶往机场。王赫没有去送她。

猪圆圆在换登机牌的时候，乘务员对她说她的身份证信息和订票信息不一致。那时，她才看清楚她的订票单上填的名字是猪圆圆。

其实，她很清楚，王赫是故意写错她的名字，或许这样她就可能改变主意。但是，猪圆圆做出的决定向来很难更改，这次也是一样。最终，她重新买了一张机票，回到北京。

六

回到北京的猪圆圆不再留恋美食，她开始减肥。减肥不是为了讨好这个以瘦为美的世界，而是重新换一种活法。

有效运动，再加上适当节食，她逐渐瘦下来。她不再是我们口中的猪圆圆，而变成了具有女人味的诸苑辰。

她重新找到一份外企日语翻译工作，因工作细致认真，被老板看重。

她依旧参加我们的小聚会，只是她不再毫无顾忌地吃冰激凌和蛋糕，而是和我们一样，捧着一杯饮料就消磨整个下午。她什么都谈，只是绝口不提王赫。她什么都说，只是不再说爱情。

她也成了单身瘦子，那个不可辜负爱情和美食的理论，已经成为过去式。她有了新的理论：不可将就，只可讲究。

父母开始着急她的婚姻大事，为她物色各类人士。她都大大方方地去相亲，但在用餐时，她总会拿出一张她以前胖胖的照片，说这就是以前的她。看着对方惊愕的眼神，她又补充道："开玩笑

的，这是我妹妹。"即便对方再好言相对，她也会把这个人从名单中划掉。

只有一次，对方看到她以前的照片，笑着说道："还挺可爱的，就跟我妹妹的那只大熊一样。"

她忽然就哭了。这个世界上，除了王赫，还是有人会真正爱她。不管她是胖是瘦，是高是矮，是穷是富。

七

我们都收到了诸苑辰发来的喜帖，新郎就是那个说她像一只大熊的男人。

婚礼上，诸苑辰穿着婚纱，露出美丽的锁骨。她的父亲把手郑重地交给在礼堂另一端等待着的男人。诸苑辰笑靥如花，我们哭得假睫毛都掉下来。

走出礼堂时，我恍惚看到一个人远远地站着。不知道是不是酒精的作用，我觉得那个人就是王赫。

在迟暮的岁月里，赶上早年的爱情

一

谷诗妍一直不知道丈夫是如何爱上自己之外的那个女人的。后来，她明白，那是在不知不觉中发生的。

她开始相信，婚姻之外，也存在着爱情。甚至，那样的爱情因为被道德压制，被刻意掩埋，反而更容易保鲜。毕竟，难以获得的东西，总是带着致命的诱惑力。那些握在手中的东西，往往让人有种恨不得抛之而后快的感受。

人的本性就是这样，总是不愿安于现状，总想追求刺激，而这一切不过都是一种执念。

二

在飞往法国尼斯的航班上，周围人睡得天昏地暗。飞机穿过厚重的云层，让人有种失重之感。透过飞机的窗口向外望，什么都望不见，只有那飘浮着的云彩，渐次涌来又退去。

谷诗妍并不喜欢在高空中飞来飞去，但她又想去更远一点儿的地方，因而不得不和众多人挤在一个机舱里，在天空上飞十几个小时，来到世界各个地方。

她有的是钱，但是她缺少爱。所住的房子是豪华别墅，后花园与游泳池一应俱全，但是这样的房间里盛不下幸福。

坐飞机时，谷诗妍惯于戴上耳塞，拿一本书看。说是看书，其实她从来不翻页，只是让自己看起来有点事做而已。同时，她不断向空姐要一杯咖啡。多半人在咖啡馆喝一杯咖啡通常需要一下午，而谷诗妍在飞机上喝咖啡只需要三分钟。喝完之后，隔一段时间再要一杯。以至于她每次叫来空姐，空姐都带着标准的微笑问她："请问，您是需要一杯咖啡吗？"

谷诗妍笑着点头。

而她并不知道，咖啡会在她生命中起到纽扣的作用。纽扣可以连接互不相识的人，也可以让这两个被无意中捆绑在一起的人分开。

三

那天，谷诗妍像往常那样向空姐要了一杯滚烫的咖啡，将其放在桌上。在用汤匙搅动咖啡时，她的手肘忽然碰掉了摊开的书。她不得不停下来去捡地上的书，但在弯腰的时刻，她的头又碰到了那杯咖啡。

咖啡顿时倾洒而出，溅湿了桌子，以及邻座那位翻阅文件的男士的袖口。她急忙在包里翻纸巾，翻来翻去忽然想到纸巾在行李箱中，而那时咖啡已经流到地上，蔓延到地上的书上。那位男士对她说，不用慌张，只是一杯咖啡，一本书而已。她忘记还戴着耳塞，便大声问他在说什么。整个机舱内，都能听到她的吼声。他无奈地笑，用手势示意她将耳塞摘下。

随后，她看着他有条不紊地处理这件让她手忙脚乱的事情。不过五分钟的时间，他袖口上的咖啡污渍消失不见，湿掉的书摊开放在桌板上，空姐已将咖啡空杯拿走，拖干了地面。

这算是他们的初相识。窘迫了一点儿，但让人在哭笑不得的同时觉得难忘。

四

谷诗妍知道了他的名字，阮又波。去法国里昂开一天会，其余时间在尼斯度假。

阮又波算是健谈的人，说起法国尼斯的历史，说起少年时的欲望，说起工作后的无奈和烦恼，甚至说到了国家的经济。语言幽默诙谐，有时还善于自嘲。

当谷诗妍发觉自己听阮又波说话会心跳加速，欣喜莫名时，不禁晕眩疑惑起来。难道所有的感官重新复活，难道此时感受到的就是爱情？

她纠结于伦理与自由的矛盾中，想要戴上耳塞，拒绝听他继续说话，却不由自主地把耳塞扔进包里。一切都出于无意，一切又都是刻意。

五

飞机进入法国境内时，蓝色的光线倒映在谷诗妍眼中，为她镶上一层若隐若现的光环，也让她看起来更加忧郁。

他看看外面蓝色的天际，以及自卷自舒的云朵，问她住哪家酒

店。她看他一眼，并不敢期待什么，却不自主地说出酒店的名字。

飞机停稳，他们一前一后走出机舱。法国一如既往，热情似火，阳光直喷到她身上。额角与两鬓都是汗，谷诗妍放下行李脱掉外面的长大衣。阮又波极具绅士风度，不慌不忙拿过她脱下的外衣，提起她的行李，护着她走出拥挤的人群。

在机场外打车的间隙，他打了一个电话。出租车驶到眼前，他把她的行李放到后备箱里，等她坐好准备关上车门的时候，他也大大方方坐进来。她始料未及，又惊喜又羞涩地说，不用送她，她一个人完全能搞定。他则在吩咐司机开车后，不着痕迹地告诉她，他已经退了订好的酒店，决定入住她预订的酒店。

这算是开始吗？她问自己。

不，在她碰倒咖啡的那一刻，故事就已经拉开帷幕。

六

在酒店大堂，阮又波帮她办理好入住手续，把房门卡交到她手中。她感到前所未有的温暖，险些怔怔落下泪来。

这种感觉真好。有人处处为自己打点琐事，自己只需站在一旁用心享受对方给予的馈赠便好。而谷诗妍已经很久没有体会过温暖的感受，她丈夫一直忙。忙着工作，忙着捞钱，忙着照顾别的女人，忙着逃避责任。而她守着偌大的别墅，在寂寞中渐渐委顿和干枯下去。

她不是没有想过和丈夫摊牌，决绝地一走了之，开始新的生活。哪怕没有这么宽敞的房子和豪华的车子，但至少能体会最平凡的温暖和细碎的真情。而她始终没有勇气，并不是留恋此处，而是实在不知道该去哪里，该从何处开始。况且，家乡贫穷的父母一直以她嫁给事业有成的男人为荣，她并不想亲手将他们的愿望打碎。

有的时候，面子比里子更重要。

如今，遇见一个对自己嘘寒问暖的人，谷诗妍忽然觉得，此前那些不愿离开的理由，不过是借口。因为彼时还未遇见这个人，还未曾体会到怦然心动的感受，也未曾为那颗空洞的心找到寄托，所以要在那座没有温度的房子里挨度时日。而此刻，她终于想要离开。

七

阮又波住在她的隔壁。他把行李送到她的房间里，对她说一声晚安。在为她关上房门之前，他又转过头来嘱咐她，别开太长时间的空调，对身体不好。

那一刻，她差一点儿跑过去，抱住他。

等房门砰的一声被关上，她才逐渐冷静下来。

这算是恋爱了吗？这算是爱情吗？还是寂寞和孤独在作怪呢？

无论答案是什么，至少她感受到了幸福，再次体会到患得患失的莫名紧张和无由欣喜。

那么，丈夫也是这样和别的女人开始的吗？觉得当下的生活太过乏味枯燥，偶然遇到一个能激活他对生活感知的人，自然要不顾一切地沉浸其中。至于世间那些伦理道德与家庭责任，已经无暇顾及。

忽然间，她原谅了丈夫。彼此都是寂寞的人，情缘被现实岁月慢慢磨掉时，为了过得精彩，他们不得不去寻求别的出路。毕竟，全世界的人的目标，不仅仅是活下去，还要活得更好。

谷诗妍沐浴洗漱，换上酒店里的白色睡衣，把空调的温度开到二十八摄氏度。电视节目都是语速极快的英文频道，她看了一会儿，困意便袭上来。她不禁笑出声来，爱情原来可以治愈失眠。

睡觉时，她想起阮又波的嘱托关掉了空调，同时也关掉了电视。这家酒店虽不是家，却比家里更有安全感，因而无须再用电视的声音来填补内心的空寂。

八

第二天清早，阮又波敲开谷诗妍的房门，向她递上一份法式早餐，自己手里还有一份。谷诗妍刚从浴室出来，头发尚且滴着水珠。他忽然觉得不好意思，把早餐递给她转身就回到自己的房间里。

年过三十仍然害羞，且在事业上老练的男人，定是再次动心。或许，在这个世界上，也唯有爱情能让人保持对万事的惊奇和怜惜之心。

谷诗妍放下早餐，手忙脚乱吹干头发。之后，她换上长裙，敲响他的房门，向他说明希望可以一起吃早餐。他自然受宠若惊，慌忙将她迎进来，把桌上摊开的工作文件扫到一旁，一连有好几张纸页掉落到地上，他都顾不得捡起来。

吃完早饭，她问他是否有时间去海边。他明明还有很多工作有待完成，但仍点头表示可以一起去。

其实，在相互接触的时候，他们也有愧疚感与罪恶感。但所有的行为已经不受控制，所有的感受都是由心而来。

九

在面粉一般细腻的沙滩上，挤满了各色皮肤的情侣。

谷诗妍和阮又波夹在其中，在旁人看来也是登对的一对情侣。她把长裙脱下，露出天蓝色的比基尼。热情的阳光裹着她的身姿，刺眼得让他难以直视。那样好的身段，算是上天的偏爱吧。双腿修长笔直，前凸后翘，小腹平坦，如果不去做模特，真算是一种浪费。

他脱掉鞋子坐到沙滩的躺椅里，太阳伞遮住光，好让他可以尽情捕捉她的妙曼身姿。

在来到尼斯之前，有人曾告诉她，尼斯的这片海可以治愈一切悲伤。来到这里，才彻底相信这话一点儿也不假。虽然，她不能确定，悲伤被治愈后，是不是还会再犯。

在落日的余光中，阮又波对她说，刚开始结婚时，为了过上富裕的生活，没日没夜地加班，本以为奋斗着的自己更能赢得妻子的好感，谁知反倒冷落了她。日后，生活渐渐好转，搬了靠近市中心的房子，配了豪华的车子。可是，妻子渐渐不需要他的陪伴，只要给他足够的生活费便好。

妻子并不是不抱怨，而是深觉抱怨无用，与其如此，倒不如拿着钱去过逍遥快活的日子。看似潇洒坦荡，无拘无束，暗地里却透

着难以挥去的悲伤。

谷诗妍听到这番话，一言不发。她的境遇又何尝不是这样，在渴望被爱的时候，身边的男人却一直说太忙太忙。忙得连最普通的温暖，都成了一种够不到的奢望。

十

连续六天，他们天天腻在海边。

她知道他即将去里昂开会。

离开，是一种试探，更是一种报复。男人是清醒的，理智的，他要以离开的方式，切断他们之间的关系。虽然，他曾感受过快乐，但他爱得未免有些绝望。

她知道自己是不能跟去的。他这么忙，难保不会旧戏重演，在去另一个地方开会时，遇见另一个去度假的女人，而把她晾在偌大的公寓里。

他们都已经不年轻，即便遇到早年的爱情，也已经没有力气去承担。

离开的那一天，他们没有说再见。她把房门关得死死的，他则决绝地在前台退掉房间。

谷诗妍不禁想，爱情或许是有时间的。遇见得太早或是太晚都会错过，如果遇见的时间刚刚好，他们或许有不同的结局。

十一

再过一天，她收拾行李，退掉房间，坐了十几个小时的飞机返回家。

　　独自在家里守了整整一周，仍不见丈夫回来一次。她觉得无奈，只能拨通他的电话。电话由秘书接起，声音无限娇嫩。她让秘书转告丈夫晚上回家吃饭，有重要的事情和他商量。秘书答应后，问她是否还有事情要交代，她向对方说没有，之后便挂断电话。

　　这一天终于来临。她以为她会永远忍耐下去，但是她决定离开这里，重新开始。

　　虽然知道离开之后，生活会异常艰辛，但那总好过在寂寞中等死。

　　身心自由之后，也就有爱的自由。她相信，她会遇见一个适合一起终老的人。

　　不必耻笑她。爱情这种东西，就是要相信后才能遇见。

在离散
之前，
不说
抱歉与再见

外面的世界很精彩

外面的世界很无奈

当你觉得外面的世界很无奈

我还在这里耐心地等着你

每当夕阳西沉的时候

我总是在这里盼望你

天空中虽然飘着雨

我依然等待你的归期

——莫文蔚《外面的世界》

不介意孤独，比爱你舒服

一

一年之前，尹枕书和任泽成还是热恋中的情侣。

尹枕书最喜欢每天夜晚来临之后的生活。尹枕书工作忙碌了一天，拖着满身的疲惫回到租来的屋子里，就像是回到了家。洗一个热水澡，换上柔软的棉布T恤。然后，走进厨房和男友一起做简单的晚餐，一个人择菜，另一个人炒。吃饭时，他们会打开那台很小很旧的电视机，漫不经心地说起一天中发生的事情。

那时，他们生活中有很多困难，经济也并不富裕。但是，那是尹枕书最快乐的一段时光。她从来不化妆不看时尚杂志，可是他并不觉得女友粗糙。她终日把女权主义挂在嘴边，可是他仍然觉得女友是一只性感的小猫。

他们把相爱当成日常中最普通的习惯。

二

人们最常犯的错误便是，把"我以为"当作"我们以为"。

尹枕书以为以上的所有幸福感受，都是她和男友共同感受到的。

但是，现实偏爱与这些傻里傻气、一头扎进恋爱的姑娘开玩笑，给她们平淡幸福的生活注入一点儿黑色的冷幽默。

尹枕书把任泽成当成生命中的唯一，也自然而然地将自己当成是对方的唯一。而在一个偶然的情境下，她得知任泽成并不止她一个女朋友。

也就是说，任泽成同时交往着两个女朋友，而尹枕书只是其中之一。

三

任泽成徜徉在两片全然不同的海域中，自由自在地游弋着。本以为自己做得滴水不漏，却没有预料到有一天会被揭穿。或者说，他是给自己留着退路的，被发现后大不了就一刀两断，反正也是当作游戏来玩儿的。

他每个月都有一次大概一周左右的出差。每次出发时，尹枕书都会把他送到火车站，看着他进站后再独自一个人原路返回，掰着指头算他的归期。

但那一次，她看着他进站后，还是舍不得离开，就默默地站在原地看他的背影。然而，他并不知道她还在注视着自己，便在里面转了一圈后从另一个出口走出来。

尹枕书觉得奇怪，目光便一直追随着他。等他走出来后，她本想跑过去问他出了什么事情，却见他没有丝毫犹豫便走到行李寄存处。

任泽成先是从钱包里拿出一张寄存票，领了一个颜色和款式都

和手中那个不同的行李箱，而后他填了一张单子把手中的行李箱寄存。

之后，他看了看手表，然后拿出手机发了一条短信。他把手机装进口袋时，尹枕书的手机震动了一下。她看到他发来的短信这样写道："亲爱的，我上车了。不要担心，照顾好自己，我很快会回来。想你。"她笑得很苍凉，按下回复键，写道："好的。永远等你。"

然后，他重新走回火车站出站口。不过十五分钟的时间，一个与尹枕书有着不同打扮的女子穿过人群朝他奔跑过去，深情地撞进他的怀里。他一手温柔地抚摸着那个女子的头发，一手将她紧紧地圈在臂弯里。

在涌动的人潮中，他们是一对分离太久，思念太浓的情侣。

尹枕书错愕地看着昨日还拿着啤酒坐在阳台上和她依依惜别的男友，今日就把另一个女人拥在怀里。

她的眼泪不争气地流下来，恨不得冲上前去给任泽成一个耳光。但是，她终究没有那么做。或许，当她给他一个耳光后，他身边的女人还会当众骂她是第三者。如果任泽成一言不发，她也只有狼狈逃窜的份。

因而，她流着泪站在原地。任凭人潮在她身边涌过来又涌过去，任凭自己的男友拥抱亲吻别的女人。

四

任泽成拉着尹枕书没有见过的行李箱，以及尹枕书不知道的女人拦下一辆出租车。

尹枕书则擦干眼泪，上了另一辆出租车。司机问她去哪里，她眼睛紧紧盯着前面那辆车，说道："跟住前面那辆车就行。"

司机转过头看看她，她眼窝里又渗出眼泪来。司机大概四十岁的年纪，什么场面不曾见过，看到尹枕书这样伤心欲绝、眼泪不止的样子，自然知道前面那辆车里定然坐着她的男朋友以及她的情敌。

所以，司机很淡定地发动引擎，记住前面那辆车的车牌号，并跟着它。但是，他没有跟得太近，以免被发现，同时又不会离得太远，以免跟丢。这样刚刚好的距离，让尹枕书对司机投来感激的一眼。

由于堵车，半个小时的车程竟然走了整整一个小时。前面那辆出租车在某一小区门口停下，两人从后备箱里拿出行李，挽着手走进小区里面。

尹枕书的司机故意兜了一个小圈子，等他们走得足够远时才停下车。尹枕书付完款并向司机道谢后，便尾随任泽成他们。她看见他们在小区的十三号楼停下，刷了门禁卡后就走进去。

尹枕书没有跟着他们进去。她远远地站着，拿出手机拨通任泽成的电话。电话响了三声之后便接通，她尽量恢复平静，问他到哪里了。他的语气跟平时没什么两样，自然而带着一点儿慵懒，仿佛是刚刚在火车上睡醒的样子。他很温柔地向她汇报，火车到哪里了，窗外看到一大片盛开的梨花。她撒娇让他给她拍下来，他便很巧妙地说："现在想跟你说话，梨花我就替你看了，反正我的眼

睛就是你的眼睛，我看到就等于你看到。"

这样的话，在以前是很让她受用的。但当初的蜜糖被拆穿后，就变成了今日的砒霜。

她握着电话突然问道："你爱我吗？"

"又问这种傻气的问题，不爱你怎么会跟你在一起。"他永远是这么回答。

她听得寒心，忽然想到他并没有清楚明白地对她说过"我爱你"。就连表白时，他说的都是"我喜欢你，我们在一起吧"。

尹枕书并不是一个较真的人，也不喜欢那些整天将"我爱你"挂在嘴边的人。但是，就算是敷衍和安慰，他也吝啬把爱说出口。

她握着手机，忽然听到他说："喂，喂，路上信号不好，我到了以后再跟你聊。"片刻之后，她的手机里传来嘟嘟的声音。以前，她以为信号真的不好。现在，只觉得可笑和悲凉。

五

尹枕书落寞地走出小区，沿着街道走到最近的地铁站。从北四环到南四环，她需要坐一个多小时的地铁。但这一个小时，足以让人穿越两个世界。

回到家，床上散乱地堆着任泽成换下来的衣服，床底下有他上班穿的皮鞋和运动穿的球鞋，卫生间里放着他的洗漱用品，晾衣架上还有他未干的内裤。

这个家，是他存在过的证据。

她知道，他还会回来，就像以前无数次出差回来一样。他会绘声绘色地给她讲出差见到的稀奇古怪的事情，还会给她买一件小礼物。然后，生活像以前那样运转，他们假装深爱彼此。

她照常上班，处理上司交代的任务，和同事们说笑。人们并没有发现她跟平时有什么不同。晚上回到家，她煮一点儿够自己吃的饭，给他打一通电话。还未说够十分钟，他就说那边有电话打进来，客户急着要方案。她只能沉默地听着手机里传来的嘟嘟声。

睡不着的时候，她会天真地想，他到底爱谁多一点儿。但想着想着就流出眼泪，他应该是谁都不爱的，他爱的人应该是他自己。就算是每天担惊受怕，也要享受两个女人给予的爱。

六

一周之后，尹枕书按照他说的时间到达火车站。她并没有早到，去行李寄存处等着他。她自七岁时母亲去世，便一直害怕孤独。所以，说到底，她还不想拆穿他。

等她抵达火车站后，任泽成早已拿着出差时带着的行李箱在出站口等她。她想，那个女孩儿应该刚刚坐上地铁不久吧。

尹枕书假装很愉快地跑进他的怀里，被他紧紧抱住。她深深呼吸，并没有闻到什么异常的味道。旋即她就笑了，他每次回来身上都是这样淡得似乎并不存在的味道。她还以为这就是他本身就有的味道，原来这是属于别人的体香。

任泽成护着她走出人群，坐上出租车回家。她频频看倒车镜，心想或许后面那一辆车里面就坐着那个女孩儿。而任泽成丝毫不觉，只是一味兴奋地从轻便的背包里拿出一只玉镯，戴到她手腕

上。她想那只玉镯应该是从王府井或是西单大厦里淘来的吧，玉这种东西放在地摊上不过百元，放在高档商场里却可过万元。

她假装像以往那样对他的礼物爱不释手，却觉得伪装真的是一件太累人的事情。任泽成是怎么做到以伪装为日常的呢？她无论如何也想不明白。

七

她偷偷联系他的同事，假装联络感情那样，说他们每天都很忙，时时要出差。那个同事谦逊地表示，不过是混日子，谁都想打着出差的名义出去玩儿几天，但都没有这样的机会。

她了然于心，知道他的同事说的句句属实。

在他不"出差"的日子，他还是和她一起做饭，一起聊天南海北的事情，仿佛两人可以生活到老的样子。但是，她清楚，他会在厕所一待就是半小时，会时时以吸烟为借口，在小区的藤椅上拿着电话坐很久。回来之后，他总会解释说，客户太难缠。

他总是一味解释，她总是装出相信的样子。

以前他也是这样，但那时她是真的相信，而如今她只觉得他做得太明显。

她偷偷翻看过他的手机。他处理得很干净，让她找不到一点儿蛛丝马迹。

她觉得比刚刚失去母亲时，要孤独一百倍。她付出那么多，最终只得到了一具躯壳和一颗满是伪装的心。

她并不知道什么时候结束。虽然，她有主动要求解散关系的权利，但是她并不想行使。她还爱这个人，所以还留有一丝期待。她想等事情顺其自然地结束。

八

又是"出差"的日子。

任泽成在火车站和尹枕书告别。尹枕书依旧像上次那样，看他调换行李箱，抱紧另一个来接他的女孩儿，并跟踪他们来到北四环的家。

一样的路线，一样的场景。最后，她看他们双双走进小区后，就慢慢走进地铁站坐一个多小时回自己的家。

然而，她刚回到家不久，就听到门铃响起来。她看看猫眼，看到外面站着的女孩儿竟是任泽成另一个女朋友。

她踌躇一会儿后，终于打开门，摆给对方一个笑脸，问她是谁，要找谁，有什么事情。

那个女孩儿说得很坦白，她告诉尹枕书，任泽成正在她家睡觉，她偷着来到这里。

尹枕书没有那么强的应付能力，只是木讷地站在门口。倒是那个女孩儿，主动要求进屋谈谈。尹枕书便站在一旁，让她侧身进去。她不客气地坐进沙发里，直截了当地告诉尹枕书，她早就知道尹枕书的存在，也知道尹枕书曾经两次跟踪他们。她这次来是想让尹枕书放弃他，因为他们俩是青梅竹马，而尹枕书不过是他碰巧遇见的玩物而已。

尹枕书知道事情就这样以顺其自然的方式结束了。但是，她忽

然感到不甘心，因而出口问道，她放弃任泽成的条件是什么。

是的，她付出那么多，总得要得到些什么。所以，她把羞耻心抛到脑后，认真而犀利地问道，条件是什么。

那个女孩儿显然历经世事，有备而来，她似笑非笑地回答："条件是你得到自由重新开始。"

果真是道高一尺魔高一丈。尹枕书终究以默认作为回答。

九

任泽成"出差"后再也没有回来过。

尹枕书把与他有关的东西全部打包寄给了那个女孩儿。

她又重新回到孤独的洞口，自己舔舐伤口。但是，她从不觉得这是多么糟糕的结局，甚至有些庆幸自己渐渐不再爱他。

或许，有一天，她会重新爱上一个视她为唯一的人。

好在曾经拥有你们的春秋和冬夏

一

有一段时间，我在清净的郊区租住。那是一座二层的小洋房，房子后面有一个花园，种着我叫不上名字的花。房屋的主人是一个六十多岁的老阿叔，由于一个人住太过冷清，便把客房腾出来出租。他的儿子帮他在网上做了很长时间的广告，但许是因为此地远离市中心，也少有人前来关注。

我在换房子时，偶然看到这则消息，便打去电话。老阿叔声音饱满，极其欢迎我前去看房间。坐了两个多小时的地铁，又转乘一趟公交，才辗转来到他家。在路上疲惫不堪，本已打消租住的念头，但看到室内整洁有序，家具一应俱全，站在阳台上就能看到不远处的公园，而且我具有自己独立的卫生间，一切颇有家的味道。更重要的是，老阿叔向我要的租金，比网上写的少了三分之一。

我当即决定租下那间客房。

平时我辗转于市区和郊区之间，回到租住的地方已经很晚，再加上有时加班，很难与老阿叔有太多交流。只有周末的时候，我宅在家里，和老阿叔一起下五子棋。

不管做什么，他总是要同时听着昆曲。柔软婉转的调子，很容

易让人想起如画的江南水乡。兴致好时，他也在阳台上铺纸研墨，写写毛笔字。渐渐地，我发现每次他的毛笔字中，总有一个"英"字。撇捺之间，是说不清道不明的惆怅，满含悲伤的情思。

儿子和儿媳前来看过他几次，留下些老阿叔需要的衣物以及他爱吃的东西，便又匆匆离去，连午饭都没有来得及吃。他们走后，老阿叔就听着昆曲走到后花园去。我透过窗户看到，他独自坐在花园的石凳上，看着某一朵花怔怔出神。

但那样悲伤的时刻，终究是少的。老阿叔多半时候都一副和蔼的样子，戴着老花镜研究菜谱，研究好了就做几个新学来的菜，我也因此大饱口福。

二

大概两个月之后的一个周末，老阿叔把我叫到他的房间。衣柜打开，床上摊着各式各样的衣服。他说有重要的客人要来，问我穿哪一件衣服比较得体。

我拿起一件深灰色的西装，他摇头说穿西装太正式太拘谨。我又拿起一件黑色羊皮夹克，他也摇头说太随便，会显得对客人不重视。

那时的他，像是一个十七八岁的小伙子第一次去约会，伴随着呼之欲出的喜悦和掩饰不了的紧张。

在一番纠结之后，他终于决定穿条深色的西装裤配一件白色的衬衣。脚下一双擦亮的黑色皮鞋。

随后，我和他一起准备午餐。但老阿叔坚决只让我打下手，洗菜、剥蒜、削水果，其余的，他自己动手。我看着他围着围裙忙碌的背影，心中一阵感动。我想，过一会儿要来的人，名字中应当有一个"英"字吧。

大概十一点三十分时，我把老阿叔做好的菜端到餐桌上，并按照他的吩咐拿干净的盘子把那些菜扣上，以免冷却。他则有些慌张地脱下围裙，跑到洗手间看看身上的衣服是不是滴上油渍，是不是还像刚穿上那样整齐。

从洗手间里出来后，他对我说道，头发差不多都白了。口吻无奈且忧郁。

有些人，只能在历经沧桑之后，才敢再见面。但是，到那时，岁月已经都为他们换了一具粗糙的皮囊。

三

十二点，客人没有到。十二点十分，客人仍不见踪影。十二点二十分，老阿叔的额头已经渗出汗。

无论在人生的哪个阶段，都免不了一场又一场等待。

一点十五分，门铃终于响起。老阿叔站起身来刚走两步，忽然之间又踌躇起来。于是，我起身去开门。门外站着的老阿姨，穿着一身得体的印花旗袍，两厘米的黑色高跟鞋低调而优雅，腿上那一条肉色丝袜更显出她这次赴会的郑重。她与老阿叔一样紧张，双手来回地搓着。

我笑着把她请进屋内。随后，我回到自己的房间里，让他们单独待在一起。

四

三四个小时后，我从房间里走出来，客厅里只剩下老阿叔一个人。餐桌上的菜几乎没动，只有盘子里的樱桃只剩下两颗。

老阿叔说，她还是跟以前一样，爱穿旗袍，爱吃樱桃，头发一丝不乱。她老了，但是她还是那么美丽。

她来过，所以他记忆中的往事都得到了印证。记忆的闸口一旦打开，就再也挡不住前尘旧事奔涌而出。

傍晚的时候，他借着昏黄的灯光，开始给我讲述那个传奇般的故事。声音悠长，语速极缓，与其是在对我这个不算亲近的人说，倒不如说是讲给自己听。

他说今天来的人，叫嵇梅英。而他的前妻叫嵇梅云，是梅英的同胞姐姐。

遇见梅云是在一个雨天的商场里，人们没有备伞，只好挤在商场一层，等待雨停。也有赶着回家的人，从人群中冲出去，冒雨跑到路边的公交车上。在摩肩接踵中，他听到身边正奋力向外挤的女孩儿发出一声尖叫，接着她脖颈上的珍珠项链断开，珍珠一颗颗掉到地上。

周围的人纷纷避开，只有他蹲下帮她捡散落的珍珠。她说项链上一共有二十四颗珍珠，但直到雨停人散，他们也只凑齐二十三颗。其实，最后那一颗不在某个柜台底下，而在他的口袋里。

留下她一点儿东西，再叫她出来时，就有光明正大的理由。

这在外人看来，应该是一见钟情的爱情。但对于他来说，这更具有重逢的意味。前一年他在墨尔本旅行时，坐着有轨电车去歌剧院听歌剧，经过墨尔本大学校门时，他看到一个穿着旗袍的女孩儿背着包正要走进校门，忽然听到有人叫她，她便回过头来。在她回头的瞬间，他看到了她精致的脸，并将其记在心里。

他从没想过会在商场里再次看到那张独具东方特点的脸，圆润但不臃肿。

隔了几天，他拨通她留下的电话，告诉她自己又去了一次商场，找到了最后那颗遗落的珍珠。他们在那家商场顶层的特色餐厅里见面，他把那颗珍珠亲自交到她手上，并赢得她真诚的感谢。

饭吃到一半，他才想起还不知道她的名字。

"嵇梅云。"她很大方地说出自己的名字。

"宗建平。"他也是如此。

餐桌上，他们很聊得来，天南海北，春花秋月，甚至天文地理，几乎都有所涉猎。

不知不觉，天幕已经垂下，他们也不得不道别。道别之后，他其实非常想追上去问一句，为什么她不再穿旗袍。但最终他还是抑制住了这个冲动，毕竟有所保留，才能靠得更近。那个夜晚天气寒冷却格外晴朗，抬头即可看见猎户星座腰带上的三颗大星，闪着耀眼的光泽。

一个星期之后，他们成了彼此的男女朋友。一个月之后，他们见了各自的父母，并谈到婚嫁。一切都是那样顺理成章。他们都觉得，爱神是如此钟爱他们。

但是，浪头还是不可避免地朝他们打来。

五

他和嵇梅云订婚的那一天，宴会上出现了一个穿着旗袍的女子。

她和嵇梅云长得几乎一模一样，只不过眼角处有一颗小痣。梅云和她紧紧拥抱，并向未婚夫介绍这是她的同胞妹妹嵇梅英。

梅英从包里拿出一个精致的长方形盒子，取出里面的水晶项链给姐姐戴上，说这是从墨尔本买来的。宗建平僵在原地，原来一直以来，他都认错了人。

订婚宴照常举行，来客举起酒杯为他们祝福。梅云的手挽着他的胳膊，眼角眉梢是说不尽的幸福。人们都说梅云找到了好归宿，未婚夫长得一表人才不说，事业也经营得有声有色，更难能可贵的是，他性格温和，一点儿也不焦躁，处处为未婚妻着想。岳母与岳父也是喜笑颜开，觉得脸上有了光彩。

而宗建平的目光时时不由自主地落在梅英身上。她身上的紫色旗袍，不比大红色的耀眼，却更美艳，似乎要将他整颗心点燃。

他是有担当的男人，也不能违反社会伦理规范。所以，他只能假装墨尔本的那次邂逅只是一场他虚构出来的梦境。在与梅云相处时，避免与梅英单独接触。

然而，梅云做记者工作，时常出差，父母又在老家，而梅英肠胃病时不时发作，无人照料。梅云便打电话给建平，让他去医院照顾梅英。他不是不想去，而是不敢去，生怕与梅英正面相处就会犯错。开始的时候，他总是以工作繁忙为由推脱，但梅云一再打来电话催促，他也只能赶到医院。

在医院里，他看到她的嘴唇因为疼痛变得惨白，眼角的那颗痣愈发明显。她睡熟的样子，就像出生不久的婴儿那样安静。他忍不住去摸她的发鬓，快要触到时，又犹豫着收回手。

等她醒来，他给她读床边的故事书，把樱桃洗干净一颗颗放到她嘴里。她上厕所时，他举着输液瓶安静地等在厕所外。

同床的病人说她福气真好，有这样一个细心的男子照料。她想要解释，最终也就由人们说去。他见她什么也不说，也就跟着沉默。心里是喜悦与内疚的协奏曲。

梅英在国外待得久了，见惯了三心二意的男人，看到建平这样可以任劳任怨地照顾一个人，打心眼里就对他产生了一份敬重。她以为对这个男人的印象，会永远停留在"敬重"二字上，但随着在医院里相处之日增多，这份敬重便渐渐向爱慕过渡。

爱情，有时未免太捉弄人。

六

在梅英出院前一日，他终于向她说起他在墨尔本的旅行。她听着听着就问："你是不是曾经坐着有轨电车经过墨尔本大学？"他不置可否地点点头。

她继续问："还记得那一天是几月几日吗？"

"4月23日。"这个日子，他记得格外清楚。

梅英终于知道，为什么会觉得建平这么熟悉。那一天，最普通不过的有轨电车经过校门时，恰有同学叫她，她转过头正好看到电车里正在望向她的一名男子。电车已经驶出去很远，她还未缓过神

来，直到同学过去拍了她的肩膀。

她当时没有办法解释那种奇妙的感觉，就仿佛一个人轻轻抚摸她的额头，抚去她的烦愁。直到今日，她才明白，原来这就是爱情。

爱情。多半来得不是时候。

梅英捂住流泪的眼睛，蜷缩在病床上。建平不受控制地将手放在她的额头。就在那时，梅云走进来看到哭泣的妹妹和面带怜惜的未婚夫。

姐姐到底是姐姐，不动声色走上前去，摸着妹妹的前额，问她是不是发烧。梅英索性哭出声来，说胃疼搅得她难受。建平站在一边，攥着手不知该做什么。

七

梅英出院后，梅云在家里做好养胃的白米粥，故意让建平给她送去。

梅云与建平之间，开始多了考验与被考验。原定的婚期，被她一再往后拖延。她给他出一道道测试题，也给他很多次迷途知返的机会。但招式用尽之后，她也颓然发现，他的一颗心早已不在自己身上。尽管他还是处处为她着想，把她照顾得无微不至。

夏天一过，梅英便收拾好行李飞去墨尔本。从那以后，建平再也没有见过她。

等下一个夏天再来的时候，他和梅云收到梅英和一位当地男子注册结婚的消息。而那时，他和梅云的孩子将要出生。

八

后来，梅英与丈夫离婚，独自在澳大利亚生活。建平与梅云也是同床异梦，渐渐处于分居状态。孩子慢慢长大，他们日益变老。孩子大学毕业那一年，他们一起去民政局办了离婚手续。

他们再也不用牵绊对方。

从民政局走出来，梅云从包里拿出一张字条递给他，上面写着梅英在墨尔本的地址。他握在手中，最后一次紧紧地抱了抱梅云。

他始终没有去找梅英。这些年来，每个春秋和冬夏，他无一不在思念她。这就对他来说已经足够。

九

直到这个周末，她颤颤巍巍地找上门来，带着岁月慷慨给予的年老姿态，与他同处一室，说说过去那些年积存下来的想念，就像在话家常一样。

老阿叔说，她之所以要求见面，是因为她多年来的肠胃病，已经恶化成胃癌。

她剩下的日子不多了。

冯唐说："可遇而不可求的事：后院有树的院子，夏代有工的玉，此时此刻的云，二十来岁的你。"

我想应该加上一句，老去之后还能再见你。

北京，寂寞的霓虹和热闹的孤独

一

有的时候，短短几句就可以道尽一个人的一生。

比如说，岑更生的一生可以这样讲：与谭钟硕相恋六年后结婚，结婚四年发现丈夫出轨，出于报复想拿汽油烧小三，却不慎殃及女儿。最终两人离婚，她独自带女儿生活。

岑更生的余生，无非就是在内疚和悲痛中度日。

这就是她的一生。简单至此，无须再多言。但是，这寥寥字句，只是一个空洞而干瘪的人生轮廓，那些饱满的血肉还是无法细致地描绘出来。

说到底，生活并不像我们想象中那样简单，能三言两语说尽的，只是他人的故事，而并非他人的人生。

二

还是要从最开始的时候讲起。

而这个开始，与他们对北京这座城市的想象有关。

在他们的想象中，北京是一座金库。这座金库与金钱毫无关系，但可以盛放他们的梦想。每一座高耸着直指天空的大厦里，都

206

有一群有着特异功能的造梦人。无论梦想多么荒唐，多么怪诞，都能成为现实。

岑更生与谭钟硕都不是肤浅的人，他们有高亢热烈也异想天开的梦想。他们所在的大学在不知名的三线城市，在大三的那个暑假，他们花掉奖学金去了一趟北京。

走进装饰风格前卫的主题餐厅，他们专点菜单上那些不认识的菜；喝不惯咖啡的苦味，却坚持不在里面放一勺糖；逛的地方，都不是闻名的景区，而是类似于鸟巢与中央电视台这样的奇形怪状的建筑。从一个地方去另一个地方时，他们没有去坐公交或是地铁，而是全程坐出租。

那一趟北京之行，更加坚定了他们毕业后来北京工作的决心。无知者无畏这句话，就像为他们量身打造一样。

梦想的一致性，为他们的相爱添加了砝码。毕业之后，他们便领了结婚证，在老家举办了一个简单而不失温馨的婚礼。双方的父母在婚礼上亦喜亦悲，喜的是孩子终于有了归宿和着落，悲的是闯进北京并不像他们想象中那样容易，其间的艰辛得由他们自己来背负。

最叫人艳羡又叫人担忧的旅程，便是只带了最微薄的行李，却怀有最丰盛的梦想。

三

真正在北京打拼后，他们才知道林立的高楼大厦里盛不下他们的办公桌，遮住银河之光的霓虹灯并不是为他们点亮，高档的住宅

楼里搁不下他们一张小床。

在这样的境遇里，女人往往比男人更加坚强一点儿。岑更生在沮丧过后很快接受了既定的事实，并以最快的速度适应当下的环境。她觉得她身上背负着责任，她得为生活负责，也得为爱情负责，而且她得为丈夫的振作负责。

她不再是个任性胡闹的小女生。在艰苦的环境中，她已经迅速成长为一个独当一面的女人。白天六点起床做好简单的早餐，挤两趟公交换一趟地铁去上班，下班回来之后已是晚上八点。她看到丈夫愁眉苦脸躺在床上，又忍着疲惫去做晚饭。丈夫历来爱挑食，她只做他喜欢吃的菜。

岑更生曾对丈夫说，要么接受现在的境遇，好好地打拼，要么收拾行李回家，去过安稳的生活。而谭钟硕仍旧无动于衷，他觉得打拼太累太磨人，或许到最后也没有结果，却也不想离开北京认输。

四

那时，她已经看清他是一个空有幻想的白日梦患者。

但是，她又能怎么样呢？他是她的丈夫，是她要托付终身的人。她爱他，即便生活变得更糟糕，她也会选择不离不弃地守在他身边。

岑更生像所有实心实意爱着一个男人的女人一样，任劳任怨地支撑着一个拮据的家庭。她要去攻外面的阵地，也要去守屋内的世界。而谭钟硕只是理所当然地享受着这一切，且把生活给予他的磨难全部转移到妻子的身上。

他只是一味地逃避，在香烟的迷雾和酒精的麻痹中减轻痛苦。他时时想要改变，却从来没有付诸过行动。

五

无论是顺境，抑或是逆境，时间从来不会停止转动。三年也就是一眨眼的事情。

三年里，岑更生的银行账户里已经有不算小的一笔存款。他们的女儿也即将出生。谭钟硕也逐渐拾起男人的尊严，工作有了起色，也不再沉湎于烟酒。

一切都在向美好的方向转化着。没有人比岑更生更能理解柳暗花明的意义，更感激命运的恩赐。

为了节省开支，岑更生提出回家生孩子。一来方便家人照顾，二来夜里也不会打扰谭钟硕休息。谭钟硕也觉得没有更好的办法，便订了火车票把妻子送回娘家，自己再回到北京工作。

因为只是暂时性分别，她并不觉得悲伤。毕竟，肚子里的女儿以及父母都陪伴着她，她也觉得格外安慰。三年之中，这是她最放松的时刻。

她和丈夫每天只靠一通电话联系，有时她拨电话过去，手机里的机械女声会提示她对方正在通话中。她以为丈夫在和客户沟通，便挂掉电话，等他忙完了回电话过来。这一等，通常是两三个小时之后。更有的时候，她等到深夜，也不见他打电话过来。

女人最擅长的技能是安慰自己和欺骗自己。每当谭钟硕不接电话，也不回电话时，她便告诉自己他在忙着工作。

久而久之，她习惯了丈夫的短暂性消失，也相信了自己安慰自己的话。

六

女儿出生一周后，谭钟硕才慌慌张张出现。他抱起躺在妻子身边的女儿，高兴得不知所措。然而，或许是觉得抱歉和内疚，他始终不敢直视妻子的眼睛，只是一边逗着女儿，一边问她身体怎么样，是不是感到不舒服之类。

他在家里只待了一天便又走了。她也并没有觉得不妥，反而因他注重工作而感到有些欣慰。毕竟，在工作中有上进心的男人，更容易获得女人的青睐。

因他多半不接她的电话，渐渐地，她便不再主动联系他，而是等他不忙的时候给她打来电话。况且，自从女儿出生后，她几乎把全部心思都用在照顾女儿上，也便不再像以前那样密切关注丈夫的一举一动。

有一次，他们竟整整两个星期没有任何联系。她看着女儿睡着之后，忽然想起丈夫已经很久不打电话，便拿起手机拨丈夫的手机号码。电话里的机械女声又来凑热闹："对不起，您所拨打的电话已关机，请稍后再拨。"

"竟然给客户打得手机没电了。"岑更生哭笑不得，只得放下手机。生活从不给她深入去想的机会，女儿适时哭闹，她便弯腰抱起女儿喂奶，换尿布。

再接到丈夫打来的电话时，已是两个星期零三天。她听到电话响，急忙去接，还未说两句话，女儿又哭起来，她只能匆匆挂上电话。

岑更生知道自己是那么爱丈夫，但是见不到面，联系少之又少的生活让她开始怀疑爱情的意义。更确切地说，是婚姻比爱情现实得多，即便感觉到无奈，还是要咬着牙挺过去。

七

又是一年，女儿已经满一周岁。

岑更生订了一张去北京的火车票，辞别了自己的父母。她并没有提前告诉谭钟硕自己的计划，她想给他一个惊喜。

但是，生活中的惊喜往往只有惊骇，没有喜悦。

抱着女儿坐了一晚上的夜车后，在黎明破晓之际，火车终于停靠在北京。她走出火车站，重新打量这座城市，只觉它一如既往地高傲，所有带着梦想前来投奔它的人们，都要匍匐在它的脚下。

她坐上地铁九号线，再转一号线回到她和丈夫租住的地方。

拧开钥匙打开房门的那一刻，她绝望地想，她该提前通知他一声的。

岑更生看到一个陌生的女孩儿穿着丈夫的白色衬衫在厨房里煎荷包蛋，头发随意扎成松松的马尾，声音娇滴滴地叫谭钟硕吃饭。而谭钟硕只穿了一条蔽体的短裤，坐在床沿上玩游戏。

那个女孩儿转过头看到抱着孩子的岑更生，疑惑地转过头去看谭钟硕。很显然，她并不知道他是一个有家室的人。从头到尾，她也是一个受害者。

还未等他慌张地穿上衣服，岑更生便抱着孩子转身走出屋外。再回来的时候，她的手中已经多了一瓶汽油。

生活已经不能再糟糕，所以她也就无所顾虑。

那个女孩儿已经哭着离开。岑更生从丈夫那里得到她的地址，追到她的家。那时，她还在小区的院子里，岑更生一手抱着女儿，一手向她泼汽油。她本能地去挡，结果汽油溅到岑更生女儿身上。岑更生点燃的打火机，终于酿成大祸。

三个小时的急救，女儿终于被抢救过来。但身上多处烧伤，落下疤痕。

岑更生又变得一无所有，不仅未能挽回丈夫，反倒搭上亲生女儿。

她坐在医院的座椅上，已经不会流眼泪。

八

她和丈夫签署了离婚协议书，得到了女儿的抚养权。

在女儿病情稳定之后，她带着女儿离开了北京这座喧嚣的城市。这座城市还是那么繁华，霓虹闪烁，车水马龙，但这里不属于她。在北京的这些年，她心里来来回回奔忙的都是热闹的孤独。

她回到老家，开了一家小卖店，和女儿相依为命。

或许，等女儿足够大时，她会把这些事情原原本本地告诉她，并祈求她原谅。

而在这之前，她唯一要做的事情就是，忘记北京那座城市，好好地活下去。

愿你有故事而不世故

一

阮琪霏是酒吧歌女。她的另一身份是传媒大学的一名学生，生命科学专业，与唱歌毫无关系。

第一次见到阮琪霏这个人，是在传媒大学图书馆的拐角处。那一次我因为找一些资料，便由好友带着去传媒大学图书馆。从图书馆里出来，抱着厚厚一叠书。转弯的时候，我和他只顾着说话，便与迎面跑来的人撞了个满怀，手中的书散落一地。

对方急忙蹲下来帮我们捡地上的书，嘴里还不住地道歉。我连声说没关系，与这个满怀歉意的女孩儿一起捡书。等那个女孩儿走远，朋友才小声地说道："这个人就是我跟你说过的阮琪霏。"

我拍拍书上的土，转过身看看已经跑得只剩下小黑点一般的身影，说道："看着也挺普通的，没有你说得那么夸张吧。"

"她在学校和在酒吧里是两个不同的人。"

"这么说，你专门去听过她唱歌。"我故意同他开玩笑。

"我才没有。我是听别人说的。"他极力地辩解，但是他脸上浮现的红晕已经出卖了他。而我知道，他之所以这样急着否认，是因为他觉得喜欢酒吧歌女是件很丢人的事情。

 万物美好，我在中央

在食堂里吃午饭时，我们又遇到了她。她梳着一个马尾，脸上干净无妆，身上的衣服是最简单的蓝色牛仔裤配白色T恤。她最普通不过。她端着打好的饭菜路过我们所在的桌子时，认出了我们，便向我们欠身笑一笑。我同样报以微笑，而我身边的好友却低着头猛吃碗里的饭菜。

正赶上学生下课，食堂里非常拥挤。但是我发现，阮琪霏在一张桌子前坐下后，便没有人走过去同她坐在一起。人们宁愿端着饭菜等待着空位出现。阮琪霏仿佛已经习惯这种尴尬场面，只是自顾自地吃饭，偶尔也拿出手机接听电话。

"改天我们一起去酒吧听她唱歌吧。"我忽然对好友说道。

他猛地咽下嘴里的那一口饭，怔怔地瞅了我很久，才假装若无其事地点点头。

二

在一个周末，我和好友去了阮琪霏唱歌的酒吧。

不大的酒吧里几乎坐满了人，看来世上并不缺少寂寞的人。在酒吧里喝到不省人事，由出租车送到寓所，然后倒在床上呼呼大睡。天亮之后，一切已经重新洗牌，那些烦心事也已经属于昨天。

服务生拿来酒水单，好友看也没看就要了一杯苏打水冰咖。这让我更加确信，这不是他第一次来到这里。单子上都是我不认识的名字，只好凭着直觉要了一杯如今我已经忘记名字的鸡尾酒。我只记得那杯鸡尾酒像柠檬的味道，有些酸也有些爽口。刚抿了一口，酒吧便掀起了高潮。

我穿过水泄不通的人群，站起身踮起脚尖奋力向前看去，只见阮琪霏穿着一袭黑色丝绸衣裙出现，高叉开口处露出一条晶莹如雪的长腿。嘴上是最大胆的罂粟红，背后的长发一丝不乱，全都温顺地贴在裸露的背上。

人群欢呼，眼神迷离，烟草和酒精的味道混合着暧昧气息，使得酒吧被一种神秘的氛围缠绕。我转头看看身边的好友，他只是看着前方，眼神并没有焦点，手中的苏打水冰咖只剩半杯。他已经忘记了我的存在。

台上伴奏声起，阮琪霏一出口，骚动的台下反而静下来。那是一首邓丽君的歌，声音非但没有邓丽君那么缠绵，还多少带着悲哀绝望的意味，仿佛她真的在寻觅一位失散的爱人，百转千回之后却寻觅无果。

我喝着鸡尾酒，静静地听着这个只有一面之缘的女子唱歌，心想她的心里应该沉淀着很多的故事吧。我已经不管我身边的好友，而把所有的注意力转移到阮琪霏身上。

她与我想象中的歌女不一样，她更像是从20世纪七八十年代走出来的女人，细腻，温婉，多情。她虽然只有二十多岁的年纪，却仿佛已经经历了时光的淬炼，有了醇厚的味道。

所以，她不会计较学校里的人如何看待她，也不会被某些闲言碎语中伤。她或许喜欢在这里唱歌，或许不，但由于某些缘由，她只能站在台上，接受男人们暧昧的眼神，以及同学们的非议。既然结果已经如此，那她便决定享受这个过程。

连着三首都是邓丽君的歌曲，台下有个大块头端着酒杯摇摇晃

晃站起来，要求唱一首凤凰传奇的歌。在这种情况下，歌女通常是满足客人的要求，哪怕这首歌实在喜欢不起来，也要扯着嗓子哼上几句。

但是，阮琪霏没有。她拿着话筒，不发一言，走到伴奏身边低语几句。旋律响起，阮琪霏开口唱道："绿草苍苍，白雾茫茫。有位佳人，在水一方。"音色依旧动听温润，像是在讲述一个遥远的故事。这仍旧是一首邓丽君的歌。那位客人站起来要冲到台上，却被身边同来的朋友拉住。

即便只是一位歌女，也有作为歌女的性格。这是我认识的阮琪霏。

三

接近十一点时，阮琪霏走下台，由另一位歌女替代她。我扔下好友，一个人去了后台。阮琪霏正一点点卸妆，脂粉褪去后，又还原那张清秀干净的脸。脱下那袭包臀露背的丝绸衣裙，她又换上她最常穿的蓝色牛仔裤和白色T恤，并顺手将头发聚拢，扎成一个马尾。

"看得出来，你很喜欢邓丽君。"我站在后台随便一个角落和她搭话。

"我妈妈经常唱给我听。"很显然，她还记得我。

从后台出来，她跟着我走到我原来坐的地方。此时的乐曲已经变了一个风格，歌词与旋律都极具现代感，嘈杂感。人们摇晃着酒杯和自己的脑袋，随着节拍在这里醉生梦死。

阮琪霏只要了一杯清水，好友续了一杯苏打水冰咖，而我对这个女子太好奇，所以总忍不住问点什么才甘心。

所幸，阮琪霏也不是扭捏的人。她很直白地问："你们是不是觉得在酒吧里唱歌的女人，都是行为很肮脏的人？"

我只能很委婉地说，人们习惯把好的事情想得更好，把不好的事情想得更坏。没有事情可做的时候，对别人指指点点是一项不错的消遣。

她适时喝一口清水，把散落的头发掖到耳后。她告诉我们，她的母亲以前其实也是一位歌女。母亲姿色不错，最爱唱邓丽君的歌，很多人前来捧场。但多半人都是三分钟热度，至多来过一个星期觉得尝不到一点儿甜头就倦了，以后自动消失，把时间与金钱投资在有回报的事物上。

只有一个人，天天来到母亲唱歌的地方。在她唱完之后送上一束花，以及一张还未打烊的餐厅的餐券。母亲终究是个女人，所有的矜持与冰冷不过是在等一个合适的人出现。那个人连续三个月都照常那样做后，母亲终于松口。

他们有过一段快乐的日子。母亲推掉歌女的工作，被他安置在远离市中心的一栋二层小楼房里。只是，这个男人的钱来自家族，他手中并没有权力去争取一份遭人冷眼的爱情。即便母亲为他生下了一个女儿，他也没有能力把她娶回家。

在他家族的势力下，母亲得到了一笔赡养费，而他娶了一位从英国留学回来的女人。

在最艰难的时刻，母亲也没有重新去做歌女。好在二十几年孤

寂的艰苦生活，已经成为过去。阮琪霏终于长大，考入重点大学，母亲也得以在邻里抬起头来。

然而，母亲已经年老，无法再寄给她学费和生活费。而且，多年的抑郁生活已使母亲百病交加，阮琪霏需要为母亲支付高昂的医药费。

所以，像普通的人那样做兼职，根本无法支撑她们母女俩生活下去。她只能另辟蹊径，选择母亲的老路。她也唱邓丽君的歌，也像母亲那样走下台后就恢复生活中最本真的样子。但她有一点与母亲不同，那便是对酒吧里任何前来示好的男人都说"不"。即便那个人再殷勤，她也置之不理。

她曾经问过母亲，是不是有时会想念那个抛弃她的男人。母亲很坚决地摇头。她并不相信，母亲叹口气说道："只有忘记才能活下去，我只能选择忘记。"

少有母女俩有那样的对话。

这些年，与其说这些年是母亲在陪伴她长大，倒不如说是她给了母亲生活下去的勇气。

四

那个晚上，我们一直到凌晨三点才离开那家酒吧。门外是清冷的风和一无所有的寂静。阮琪霏忽然在道路上奔跑起来，白色的T恤和黑色的发梢将她衬得更加漂亮。

我和好友站在原地看着她。我想，她背上应该有两道隐形的翅膀，不知什么时候就会飞起来，出乎所有人的意料。

好友很平静地说："我没有向她告白，不是因为怕丢人，而是因为她要报考麻省理工大学。我觉得我配不上她。"

他刚说完，阮琪霏就跑回来，脸上带着夜里的湿气，眼睛却清澈无比。

五

后来，我和朋友时常相约去听阮琪霏唱歌。她还是唱邓丽君的歌，他还是喝苏打水冰咖。我们三个人还是会坐在酒吧里逗留到凌晨两三点。一切并没有改变，但有些东西还是在我们不曾察觉的时刻改变了。

朋友终于没有耐住性子向阮琪霏表白爱意，阮琪霏感动到流泪，却仍旧哽咽着拒绝。

她说，她喜欢的那个人，在高中毕业后就去了麻省理工。她要去找他。

她说话的时候，口吻与眼神都是那么倔强。

六

在一个晚上，我收到朋友发来的微信：

"阮琪霏被麻省理工大学录取了。"

"我们应该祝福她。"我回复道。

"她确实像你说的那样，是一个有故事的人。"

"但是她一点儿也不世故。"我由衷地说道。

与朋友结束对话后，我点开电脑中存放的邓丽君的歌。

歌声婉转，像是阮琪霏穿着黑色丝裙在唱《在水一方》：

绿草苍苍，白雾茫茫，

有位佳人，在水一方。

绿草萋萋，白雾迷离，

有位佳人，靠水而居。